FURIAS DIVINAS

colección andanzas

EDUARDO MENDICUTTI
FURIAS DIVINAS

1.ª edición: marzo de 2016

Diseño de la colección: Guillemot-Navares
Reservados todos los derechos de esta edición para
Tusquets Editores, S.A. - Av. Diagonal, 662-664 - 08034 Barcelona
www.tusquetseditores.com
ISBN: 978-84-9066-246-5
Depósito legal: B.1.849-2016
Fotocomposición: Moelmo, S.C.P.
Impreso por Liberdúplex, S.L.
Impreso en España

Índice

A Vicente Ramírez Jurado,
esta celebración

Una ardiente humareda envolvió a los Titanes nacidos del suelo y una inmensa llamarada alcanzó la atmósfera divina.

Hesíodo, *Teogonía*

... prestos a asaltar el cielo...

De la carta de Karl Marx a Ludwig Kugelmann
(12 de abril de 1971)

El cielo no se toma por consenso, se toma por asalto.

Pablo Iglesias, el de Podemos

1
La guarida

El presupuesto es otra fantasía

Las fantasías pueden ser dulces o furiosas; hacer realidad cualquiera de las dos siempre cuesta por falta de presupuesto. Por eso nunca basta con echarle coraje, es imprescindible enloquecer un poco.

Cuando recibí la llamada de Píter pidiéndome que nos viésemos, enseguida pensé que en algún momento hablaríamos de Víctor.

—Muy bien —acepté—. Cuando quieras.

—Cuanto antes, ¿no?

Intenté aparentar que tenía algunas complicaciones de agenda, pero enseguida admití que era absurdo mortificar al chico, cualquiera que fuese el motivo por el que quería verme.

—Puedo mañana por la tarde, a eso de las cinco —le dije—. ¿Te va bien?

—Perfecto. ¿Dónde?

—En mi casa, ¿te parece? Sabes dónde vivo, ¿verdad?

—Claro. ¿Puedo ir con un amigo?

—No será Víctor... —bromeé.

Píter se rió, y adiviné lo que pensaba: «Anda que no te gustaría que fuera Víctor».

13

No era Víctor, era todo un figurín más o menos de mi edad, algo más alto y más delgado que yo, mucho más alto que Píter, bien conservado, excesivamente bronceado, espantosamente perfumado, con un envidiable pelo canoso demasiado peinado, con un aspecto inconfundible de manicura o de peluquero o de costurero hecho a sí mismo, y con una de esas plumas contenidas que resultan ya tan antiguas y tan enternecedoras. Píter me besó con su permanente alegría de cachorrillo con ganas de jugar, y me presentó a su acompañante.

—Este es Joaquín —dijo, muy formal, pero con una sonrisilla traviesa. Y añadió—: También conocido como la Furiosa.

—Afilado como un cuchillo —dijo, sinuoso, el tal Joaquín, pero no conseguí distinguir si se refería a él mismo o a Píter, o a mí tal vez. Acto seguido, muy solemne, casi recitó—: Joaquín Medina López, para servirle. —Y luego, olvidando de pronto toda contención, con una pluma esplendorosa, añadió—: De nombre artístico, la Furiosa.

Me relajé. A estas alturas, no hay cosa que me estrese más que un hermano de cofradía contenido y enternecedor. Me quedó claro que el figurín, metido en faena —cualquiera que fuese la faena en cuestión—, tenía que ser como una estampida de papagayos virtuosos en el arte de alborotar, de picotear y hasta de lanzar cuchillos afilados.

Píter entró enseguida en materia. La Furiosa y él, y un grupito de amigas muy graciosas y con mucho arte —casi todas en paro, por supuesto—, tenían un proyecto. El proyecto tenía ya nombre y sitio. Por votación democrática, y casi por unanimidad, habían acordado que se llamaría Garbo, para que contrastase con el Loren, el club que quedaba justo frente por frente, al otro lado de la carretera. El Loren es un club de niñas, o sea, de alterne, y el Garbo sería un escándalo de transformistas, que no travestis, la mayoría más bien camastrones, la verdad, pero todos ellos artistas incomparables y con mucho morbo y mucho gancho. A poco que supieran hacerlo bien, la mitad por lo menos de la clientela del Loren acabaría en el Garbo: por despiste, por curiosidad, por rematar la noche, por cambiar un poco, por divertirse, por gusto, por vicio. De local ya disponían, la antigua casa de los guardeses de la antigua finca Los Portales. Esa finca la expropiaron y la subastaron y la embargaron y la volvieron a subastar y a embargar y ahora a saber en qué manos estaba, pero los antiguos guardeses, los padres de la Pandereta, tenían, a saber cómo y por qué, unos papeles de propiedad de la vieja casa, en realidad cuatro paredes en estado de ruina casi total. Por suerte, entre los artistas incomparables que harían el espectáculo todos los viernes y sábados en sesiones de tarde y noche, y todos los domingos y festivos por la tarde, y las vísperas de festivos por la noche, había de todo: un albañil y pintor de brocha gorda, un jardinero y fontanero, uno que sabía de electricidad, y todos con muy buena mano para la costura. Otros tenían oficios más refinados: la Furiosa, maquillador a domicilio —ya me lo barruntaba yo—; la Tigresa de Manaos, mozo de comedor —moderno, según él mismo, me dijo Píter, pero mozo de comedor—; el propio Píter, también conocido como la Canelita, porque el chiquillo tira a pelirrojo, es maestro de primaria sin plaza y compositor *free lance* de canciones infantiles, y aficionadísimo al *drag*, claro. Además, para algunas funciones, como artista invitada y discontinua contaban con un ex legionario auténtico, de la Legión auténtica, de nombre artístico la Marlon-Marlén, casado con una mujer auténtica y con tres hijos biológicos auténticos: una rareza, un lujo.

—Fuerte, fuerte, fuerte —dijo Píter.

—Borda la canción francesa auténtica, con un maquillaje muy pálido y muy dramático y vestida ella de negro de la cabeza a los pies —dijo Joaquín.

—Canciones de Édith Piaf y Juliette Gréco —aclaró Píter.

—También borda —dijo Joaquín— el himno de la Legión.

Yo pregunté a Joaquín cómo podía resultar creíble un ex legionario cantando *La vie en rose*.

—Cuestión de fantasía, cariño.

Sólo les faltaba, para que el proyecto fuese una realidad y un éxito rotundo, arreglar los papeles y completar el presupuesto. Y ahí entraba yo.

—Tú sabrás de alguien que pueda arreglarnos el papeleo —dijo Píter.

—Si te refieres a alguien que esté dispuesto a hacerlo gratis, no, la verdad. Pero en cualquier gestoría seguro que os lo pueden llevar bien. El único problema es que eso cuesta dinero.

—Ay, cariño, dinero cuesta todo, qué asco —y la Furiosa se esmeró en que se le notase muy asqueada.

—En realidad —dijo Píter, y sonrió como si estuviera advirtiéndome de que iba a gastarme una broma pesada—, ese es el otro motivo de nuestra visita. ¿No te interesaría poner dinero, como socio capitalista, en el proyecto?

Debí de poner la misma cara que sin duda puse cuando, un par de años atrás, dos osos de aspecto bondadoso y ambos en paro de larga duración, pero vehementes y muy motivados y casados el uno con el otro, me citaron en el café Mamá Inés de Chueca para explicarme que tenían el altruista propósito de crear una fundación para la defensa de los derechos y el bienestar de los miembros de la tercera edad del colectivo LGTBI, con el fin de que nuestros ancianos y nuestras ancianas fueran siempre tratados de una manera respetuosa, cariñosa y digna, y para que no tuvieran que volver a meterse en el armario en alguna residencia a cargo de monjas o de beatorras atravesadas; al final, me pidieron permiso para ponerle a tan emocionante y necesaria fundación mi nombre: Fundación Ernesto Méndez. En aquella ocasión me negué enseguida y con absoluta contundencia, aunque terminaría siendo patrono de la finalmente llamada Fundación Otoño Rosa, que ya hay que tener valor para ponerle a cualquier cosa semejante nombrecito. Pero ahora, ante la actitud entre acharada y desafiante de Joaquín y de Píter —aunque, más bien, de la Furiosa y de la Canelita—, no acerté a negarme con la deseable rotundidad y prontitud. En el fondo, aquel desvarío tenía bastante gracia.

Así que me sorprendí a mí mismo diciendo:

—Bueno, me lo tendría que pensar.

—Si se lo piensa mucho acabará diciendo que no —dijo Joaquín volviendo al usted, pero retador, y entonces me quedó claro que la Furiosa era una furiosa de acción, no una furiosa reflexiva.

—Ella también es fuerte, fuerte, fuerte —dijo Píter, mirando de reojo a su compañera de fatigas—. Y comunista.

—Y ella se ha hecho de Podemos —y Joaquín volvió a poner cara de asco.

Sólo me faltaba que terminaran tirándose cuchillos afilados allí mismo.

—¿Cuánto necesitáis? —pregunté, y sonreí con la intención de darles a entender que no tenía la más remota intención de embarcarme en aquel despropósito. En realidad, no podía dar crédito a lo que estaba haciendo, continuar aquella conversación como si de verdad existiera alguna lejana posibilidad de que pusiera dinero en el «proyecto Garbo».

Píter y Joaquín se miraron como si no se hubieran puesto de acuerdo previamente en la cantidad que iban a pedirme, o como si trataran de acordar sobre la marcha una rebaja que permitiera que la petición prosperase. De pronto, Joaquín hizo un gesto enérgico con la cabeza, y Píter reaccionó al instante.

—Cincuenta mil —dijo.

—¿Cincuenta mil euros?

—Claro, bonita —dijo Joaquín—. No van a ser cincuenta mil pollas en veranillo.

Estaba claro: la Furiosa tenía peligro. Es verdad que había en ella algo levemente antipático, quizás una inflación de sus dotes de mando, pero entendí que una aventura tan explosiva exigía que alguien con mano dura la gobernase y tuviera al mismo tiempo toda la habilidad necesaria para amaestrar aquella aglomeración de estrellas rutilantes, decididas a darlo todo en el escenario más atrevido, más morboso y con más gancho —repitieron más de una vez la letanía— no sólo de toda La Algaida, sino de toda la provincia, o incluso de toda Andalucía la Baja, y hasta de Andalucía entera. Lo razonable era ponerse en lo peor.

—Vamos a arrasar —me prometió Píter.

—¿Cincuenta mil euros a fondo perdido? —quería comprobar si, al menos, habían considerado la posibilidad de que yo recuperase el dinero.

—De perdido, nada —dijo Joaquín, o, más bien, la Furiosa—. Primero, porque nos lo vamos a pasar de muerte; también tú, seguro. Y lo segundo porque, mujer, a lo mejor lleva un poquito de tiempo sacar un beneficio limpio, porque al principio ya podremos darnos con una vara en el tentempié si cubrimos gastos, pero enseguida van a llegarnos los dineros a esportones, te lo digo yo. Ya te digo, a ti también. Te hacemos, si quieres, un huequecito en el elenco para que luzcas todas tus dotes artísticas, que yo sé que las tienes, cuando te salgan del abanico las ganas de apabullar.

—Ya —dije, desconcertado—. La Marilibros.

—Me encanta —dijo Píter, y parecía realmente entusiasmado—. A todo desparrame le viene bien un toque intelectual. Qué fuerte.

—¿Y no habéis intentado pedir un crédito? —pregunté, tratando de devolver la conversación a un registro un poco menos insensato.

—Lo intentamos. Mejor dicho, lo intenté —dijo Joaquín, y entonces parecía realmente un maquillador a domicilio en busca de financiación—. Fui a mi banco, le expliqué el proyecto a la muchacha que me ha atendido toda la vida, le pedí cincuenta mil euros, me dijo que tenía que elevar la petición a la superioridad, la elevó, y al cabo de una semana me llamó para decirme que la superioridad había considerado desaconsejable concederme el crédito. Así me lo dijo, con esas mismas palabras. Yo, en ese momento, sólo dije: «Vaya por Dios», y colgué. Pero al día siguiente me planté en la sucursal, me fui derecho a la muchacha, ella se quedó como paralizada, yo me puse todo lo señor que soy capaz de ponerme, que es mucho aunque a ratos no lo parezca, y le espeté, bien alto, para que lo oyeran todos: «Puedes decirle a tu superioridad que se meta el crédito por el cáncamo de cagar, y ojalá le llegue la mierda empujada hasta las amígdalas». Y me fui, tan a gusto. Pero estoy seguro de que se ha corrido la voz, así que es tontería ir a otro banco.

Les prometí que lo pensaría de verdad. En realidad, lo único que tenía que pensar era cómo decirles que no de la manera más amable posible. Prefería llamar a Píter al cabo de unos días y decírselo a él, y ahorrarme así las maldiciones gitanas con las que me obsequiaría la Furiosa en cuanto Píter se lo contase. No es que no tuviera el dinero, ni que no pudiera permitirme arriesgarlo en alguna causa más o menos noble y pertinente o incluso en alguna aventura sólo divertida, pero es que aquello era despilfarrarlo en un soberano desvarío.

Desde hacía ya casi un año yo estaba bien, o al menos de eso trataba de convencerme. Aquella historia de amor con Víctor por fin era agua pasada, o eso intentaba demostrarme a mí mismo. Había sido una locura en general feliz, muy desdichada en muchas ocasiones, pero gracias a ella yo había conseguido sentirme joven, sano, atractivo, deseado. A mi edad, más cerca ya de los setenta que de los sesenta, lo adecuado era recuperar la cordura y empezar a recordar los últimos cuatro años con una razonable mezcla de melancolía, gratitud y alivio. Nunca antes había querido a nadie como a Víctor, quizás porque nadie me había querido como él lo había hecho. Por él dejé de votar de pronto a la izquierda verdadera y voté, en dos ocasiones, a la izquierda de garrafón; después, voté de nuevo, una vez, a la izquierda que, además de verdadera, era un jaleo donde todos se comían los unos a los otros; pensé que, de ahí en adelante, me dedicaría a lamerme apaciblemente las heridas. Y a recordar cálidamente a Víctor. Con él, todo fue inesperado, vehemente, difícil, fácil, gozoso, amargo, radiante. Y muy desigual, y muy estimulante: Víctor tiene treinta y tres años. Por suerte —o de eso trataba de convencerme—, a los tres años de conocernos Víctor aceptó un irresistible trabajo en un colegio de California para enseñar español durante un curso. Un año de relación a distancia —con un paréntesis de apenas quince días que me tomé de vacaciones a destiempo, en febrero, para patear sin mesura y hasta el agotamiento San Francisco y Los Ángeles con él— era demasiado tiempo para salvar lo que, en realidad, ya era insalvable, o eso es lo que todavía me repito una vez y otra. Sé que nuestra bulliciosa y complicada historia de amor tenía que acabar en algún momento, que no tenía mucho futuro, aunque sólo fuese por mi edad. Y así ando desde hace casi un año, con la conciencia de un futuro cada vez más corto.

Pero estoy bien. Muy bien. Perfectamente bien. De verdad.

Ahora dedico muchas horas a espiar cómo se mueve el mar. Doy un largo paseo por la mañana, y otro por la tarde, también los sábados, domingos y festivos. Compro películas y libros por internet. Siempre estoy haciendo planes para volver a Madrid por unos días, pero rara vez encuentro la ocasión o reúno el ánimo suficiente para hacerlo. Ahora, en La Algaida, en esta casa lo bastante alejada de la ciudad para no sentirme aprisionado por la rutina provinciana, estoy tranquilo y procuro disfrutar esa amable calidad de vida que no tengo por qué confundir con resignación. Procuro escribir un par de horas cada día, salvo sábados, domingos y festivos. Estoy intentando una novela seguramente desproporcionada a mis fuerzas y a mi talento, si es que alguna vez tuve alguno. Víctor ha vuelto de Estados Unidos y parece que anda enredando por aquí con aspiraciones políticas. Me llamó y quedamos en vernos, pero no lo hemos intentado en serio todavía. Lo prefiero así. Por ahora.

De modo que estoy estupendamente bien. De veras.

Durante tres o cuatro días no pensé en la propuesta de Píter y de Joaquín, y Píter no me llamó. Pero una tarde, de vuelta a casa tras el paseo por la bajamar, me sorprendí de pronto riéndome entre dientes. La idea del Garbo era verdaderamente graciosa. Ni loco pensaba invertir tanto dinero sin esperanza alguna de recuperarlo, pero divertirse es una parte fundamental de la vida, y yo estaba divirtiéndome poquísimo desde que Víctor decidió poner un océano por medio. Es cierto que muchos gays más o menos de mi edad, hayan caído o no en la tentación matrimonial con sus novios de toda la vida, y algunos mucho más jóvenes vuelven a buscar emociones excitantes y pasajeras a la antigua usanza. Parece que los pinares que rodean el cerro de Los Ángeles, en Getafe, se llenan de sombras busconas y anhelantes en cuanto anochece. No faltan las parejas estables, quizás con piso, tresillo, thermomix, perro, suegros, cuñados y cuñadas y un montón de sobrinos, que buscan por allí compañía de terceros, una compañía fugaz y revitalizadora. Muchos coches llegan desde Madrid a primera hora de la noche y no regresan a la capital hasta el amanecer. Supongo que ni la Furiosa ni el resto de sus colegas están para esos safaris marginales y embriagadores —con la excepción de Píter, sin duda—, pero el Garbo podía cumplir perfectamente el papel incorrecto, alegre y retador de todo buen estimulante. El Garbo podía ser como la mansión de las Furias, el Érobo, o, dicho sin tantas pretensiones, la guarida de la Furiosa y sus muchachas, una guarida jacarandosa y con mucho desparrame. Las locas ingeniosas y destrozonas, ya casi todas en la tercera edad, volvían por sus fueros.

Me concedí un día más para pensármelo mejor y no pensé en ello en absoluto. La última noche de reflexión, en lugar de reflexionar, dormí como un bendito. Por la mañana llamé a Píter.

—Veinticinco mil —le dije—. Ni un euro más.

—Víctor tiene ganas de verte —me dijo él, chantajista.

—Veinticinco mil.

—Con eso nos vamos a quedar a medias, nos hemos salido ya del presupuesto.

—El presupuesto es otra fantasía, guapo.

—La Furiosa se va a enfurecer.

—Que se bañe en tila. Lo dicho: veinticinco mil. Lo tomáis o lo dejáis.

Lo tomaron, naturalmente. El Garbo abrió sus puertas al público el último día de junio del año pasado. Parece evidente que aún no tiene todos los papeles en regla, pero nadie se ha tomado el trabajo de exigirlos. A veces, esas noches en las que no cabe un cliente más, he rezado plegarias descabelladas y he hecho promesas obscenas a todo el santoral del colectivo LGTBI para que no ocurriera ningún incidente que provocase un tumulto de consecuencias terribles: una pelea, algún imbécil que se sobrepasara con la Furiosa o con cualquier otra de las chicas, un apagón... La Furiosa había acertado en su pronóstico, enseguida empezaron a frecuentar el Garbo clientes del Loren que no se habían divertido lo suficiente con las niñas, por culpa de las estrictas reglas de la dueña del local, decían, o por lo que fuera: soldados americanos de la Base de Rota, señoritos balarrasas de toda la provincia, pescadores o camperitos maqueados los sábados por la noche, forasteros curiosos, lugareños con ganas de probar experiencias nuevas o de buscar entre la apretujada clientela experiencias conocidas, patuleas de muchachos espléndidos y excitados en despedidas de solteros. Yo voy de vez en cuando. La noche de la inauguración, la Furiosa agradeció públicamente a «nuestra mecenas» su —dijo— «discreta pero imprescindible aportación económica a esta empresa tan maravillosa y necesaria en estos tiempos tan desagradables», y obligó al técnico de luces —un muchacho muy apañado que no se mueve de allí cada noche sin antes cobrar los treinta euros que ha ajustado por función— a ponerme el foco en toda la calva para mi mayor bochorno. Después, casi nunca he pasado desapercibido. Alguna vez he invitado a disfrutar del espectáculo y de la concurrencia a algún amigo que ha pasado por La Algaida, y más de uno ha disfrutado, siempre en un hotel —no quiero problemas en mi casa—, de un soldado yanqui pasado de copas. Todas esas hijas de la noche, todas las estrellas de ese gran espectáculo de arte y fantasía, como dice el anuncio que insertan cada jueves en el periódico local y en el *Diario de Jerez* y el *Diario de Cádiz,* son de veras muy graciosas y casi ninguna encaja con un mínimo de solvencia el *playback* del repertorio más previsible del mundo, salvo las roncas canciones francesas que canta la Marlon-Marlén.

El Garbo no es Víctor, pero sirve como calmante.

Lo que no me podía imaginar era que se organizase la que se ha organizado.

2
Las furias

La Furiosa está furiosa

Brujas. Culebras. Cerdas. Dicen que a ese fiestón van a ir todas con alhajas hasta en el pernambuco, mientras la mitad de La Algaida se muere de necesidad. ¡Como para no ponerse furiosa!

—¡No grites tan embravecida! Que pierdo el desenfreno y me enfrío.

—Qué temprano has llegado hoy, Tigresa. Y qué temprano te has enchufado a la corriente. Tal como estás bailando, pareces un cortacircuito, maricón.

—Parezco lo que soy, aunque ni las crianzas se lo crean: una profesional responsable. ¡Y no grites, o subo el volumen del sambódromo!

¡Que estamos saliendo de la crisis y hay que celebrarlo! Eso dicen que van diciendo las muy sobradas. Sobradas del ombligo para arriba, que del ombligo para abajo están todas carpantas desde que Franco entró en el muermo eterno. Pero todas ellas siempre tan almidonadas, desde el jopo a la coquina, de nacimiento o por un buen casorio, que hay que ver lo que se pega el fijador, que cualquiera diría que todas mamaron brillantina. Tiesas del todo se van a quedar las hijas de su madre cuando se pinchen ellas mismas con su propio pellejo hecho viruta, aunque, hasta entonces, van a estar dándonos la tabarra mientras les quede un soplo de respiración. Ahora, con la fiestecita de marras.

Ay, qué misterioso está el Garbo, así, todo apagado, menos el escenario. Y hay que ver lo que luce este muchacho sin necesidad de vestirse de muchacha, y con todo el foco encima, mientras baila como un cristobita con calambres. ¿Quién le habrá encendido el foco? El niño de la iluminación, que estará por ahí, digo yo. Y también él le habrá abierto, todavía queda más de una hora para que el Garbo abra sus puertas.

Qué prisas te has dado esta noche, Tigresa.

Uy, cada vez me cuesta más subir esta escalerita. Esta escalerita del escenario es matona. Luego, te abrigas bien, Tigresa, a ver si te enfrías. Pero una noche tendrías que actuar así, sin las plumas, sólo con ese taparrabos. Tigresa, por Dios, ¡quédate un rato quietecita, que te estoy hablando! ¡Y baja el sonido!

—¡Me estoy calentando, bichona!

—Te vas a descoyuntar. ¡Y vas a ponerlo todo perdido de sudores!

—¡Sudor divino, perfume de Gaultier!

Perfume de cabra va a ser el de esa fiesta. Una fiesta de mucha solera y de mucho abolengo, eso dicen ellas que es, una fiesta de muchísima tradición, que hay que recuperarla, dicen, una cosa que se inventó, por lo visto, en tiempos del pelargón la señora madre de la señora marquesa de Pontebianco, una que era de Puente Genil, con posibles, sí, pero de Puente Genil.

La actual marquesa, aunque de Puente Genil por parte de madre, es medio italiana por parte de padre, el título les vendrá de alguno de esos enjuagues medio mafiosos que se traen siempre los italianos con los papeleos de nobleza. Marqueses de Pontebianco, ahí queda eso. ¿De dónde lo sacarían? Suena a chatarra con mucho sidol, ¿no?

Pues a la señora marquesa de Pontebianco, Escolástica por fe de bautismo, aunque la llamen Tania, que ya hace falta enredarse la lengua para llamar así a una Escolástica, no se le ha ocurrido mejor cosa que resucitar, como ellas cacarean, el Baile de las Diademas, háganme ustedes el favor de irse a un sitio discreto a vomitar. ¡Baile de las Diademas!, así se llama el contradiós, en estos tiempos en los que todavía hay cientos y cientos de criaturitas, en La Algaida por no ir más lejos, en el sitio con más paro de España, con el hambre y el agobio incrustados en el estómago, las espaldas derrumbaditas por no encontrar con qué ganarse honradamente la vida, y calvas en el cuero cabelludo por culpa de la ansiedad, que está más que demostrado que el estrés es incompatible con la alta peluquería. Que se lo pregunten a Orión, la peluquera fashion de La Algaida, empeñada además en ser en un futuro próximo, como ella dice, delegada de fiestas del Ayuntamiento, la tía, claro que a lo mejor ella puede, ella es amiguísima de toda la vida de nuestro flamante y guapísimo alcalde. ¡Baile de las Diademas! Una ofensa cochambrosa, eso es la dichosa fiesta. Y todo porque dicen que ya es hora de apostar sin complejos por el optimismo, por el lujo, por la elegancia, por el buen gusto y por el glamur. ¿No es como para ponerse mala de la fatiga y de la furia que a una le entran?

Tigresa, ¿tú me estás escuchando? ¡Que te estoy hablando!

Porque lo de las diademas no es más que un pretexto, que de lo que se trata no es sólo de ponerse esa noche las diademas de boda, que de ahí el nombrecito, sino de echarse encima, esa noche mágica, como pone el historiadísimo tarjetón con el que se invita al baile, todo el joyerío. Habrá seguridad, dice el tarjetón. Y también dice que, además de echarse encima todas las alhajas, hay que ir vestidas de fantasía. Las señoras. Los señores, de esmoquin riguroso, pero con antifaz, como en las grandes fiestas de toda la vida. Peligroso, ¿no? Ideal para rateros habilidosos, se me ocurre a mí. Pero, esa noche mágica, en la casa palacio de Pontebianco habrá seguridad, o sea, maromos con uniforme de seguratas y del tamaño de un autobús. Algo es algo, mira.

Viernes, 20 de noviembre de 2015, a las 21.30, Baile de las Diademas, un lujo para celebrar que la vida es bella, una noche mágica y brillante, joyas magníficas y vestidos de fantasía para las damas, esmoquin y antifaz para los caballeros, habrá seguridad, imprescindible confirmación. La invitación, que me sé de memoria, en cartón dorado y plateado, la he visto yo con estos ojos que a lo mejor corren el peligro de quedarse cegatos por las toneladas de máscara fantasiosa de pestañas que les echo encima, pero que de momento siguen viendo divinamente. Sobre la mesa camilla de la salita de estar la tenía la Charete, que esa es otra. La Charete está invitadísima. La invitación va a su nombre, doña Rosario Medina, viuda de Guáchinton, o como se escriba eso, y es que su difunto marido se apellidaba Guáchinton, no hace falta estrujarse mucho la imaginación para adivinarle el color al muchacho, y, de hecho, a la Charete, durante bastante tiempo, incluso después de que un vietnamita la dejase viuda en el mismísimo Vietnam, la llamaban la rubia Guáchinton, pero al final se quedó con la Charete, que es más como del palanganeo y el bar de alterne de carretera de toda la vida. ¿Quién se lo iba a decir a ella hace un esportón de años? Encima de la mesa camilla de la salita de estar tiene la Charete la invitación, así, expuesta como un sagrario en Jueves Santo, y que el Señor me perdone, para que las visitas la vean bien.

No me pude aguantar, Tigresa. Se lo dije. Charete, alma de cántaro, ¿de verdad que vas a tener el santísimo cuajo y la sangregorda y la falta de conciencia, que es lo peor, de presentarte con tu invitación en ese aquelarre de pellejas parásitas y ostentosas que no tienen mejor cosa que hacer que colgarse collares hasta en la bizcotela? Charete, que tú en esa mamarrachada no pintas nada. Nadie diría que tú y yo hemos venido al mundo por la misma carmela y en el mismo colchón, y que hemos ensuciado el mismo capacho, con doce años y medio de diferencia, eso sí, por mucho que te encocore el dato, es lo que hay, tú viniste a esta perrera que es el mundo doce años y medio antes que yo, que tampoco es tanto, aunque te duela, que ya sé que te duele, mi vida, pero lo que más me duele a mí, Charete, es que parecemos el día y la noche. No parecemos hermanos.

Porque somos hermanos, Tigresa. La Charete y yo somos hermanos. Pero ¿tú me escuchas? Hermanos de padre y madre, en estos tiempos ya es imprescindible la aclaración. Y así se lo dije: no parecemos hermanos, Charete. No le dije: no parecemos hermanas. Y es que yo de diario soy Joaquín, y hablo como Joaquín, y me visto como Joaquín, con mucho gusto y un poquito de fantasía y con más pluma que un pavo real, es verdad, pero como Joaquín Medina López. Y trabajo como Joaquín. Por mi cuenta. Trabajo en mi gabinete de maquillaje selecto y a domicilio, que tengo yo unas manos para el maquillaje que son un privilegio, ya le habría gustado tener mis manos al que maquilla a la Cate Mos esa, que no hay más que verme aquí, en el Garbo, dentro de una hora, en todo mi esplendor, cuando soy la Furiosa. Sí, la Furiosa, y a mucha honra. Es que una tiene un temperamento volcánico, una no lo puede remediar. Al principio fantaseé con llamarme Soraya, que suena principesco, pero se me iba el genio cada dos por tres, porque yo el genio lo tengo estrepitoso, lo reconozco, y empezaron a decirme cada cinco minutos: maricón, ya te estás poniendo de nuevo furiosa, y con la Furiosa me quedé. No me quejo, en los carteles queda morboso.

Claro que como a una le puede muchísimo la vocación y el prurito profesional, y por más que me enfurezca que mi hermana la Charete esté dispuesta a ir como invitada a ese contubernio de diademas, inmediatamente me ofrecí a maquillarla como a una diosa. Una es así, qué se le va a hacer. Charete, le dije, te lo pido por lo más sagrado, no vayas a ese sarao de bichas, pero, si vas, cuenta conmigo, vas a ir maquillada para matar, la verdad es que una ocasión así no se me va a presentar todos los días, contigo sí que me va a lucir mi talento natural, porque con este talento se nace, y voy a demostrar además lo muchísimo que he aprendido en el curso de maquillaje artístico que acabo de hacer gracias al Ayuntamiento, bueno, gracias básicamente a este alcalde tan enrollado y tan valioso y tan guapo y tan gay que tenemos ahora, desde hace tres meses, un lujazo de alcalde. Porque no me querían admitir. En el curso de maquillaje artístico no me querían admitir. Que era un curso para jóvenes, eso me dijo la delegada de Juventud, muy mona ella pero demasiado grandota para mi gusto y un poco desaboría, este curso es para jóvenes que trabajan en el ámbito del teatro y otras artes escénicas, me dijo, con esa manera de hablar medio escayolada que se traen todos los políticos, y yo le dije: bonita, pues me viene como picha al culo, a ver si te pasas un sábado por la noche por el Garbo a verificar con tus propios ojos lo que son las artes escénicas, en la carretera de Costa Delfines nos tienes, por si todavía no lo sabes, enfrente mismo del Loren, a un lado las niñas de alterne y, al otro, nosotras, no me digas que no has oído hablar del Garbo, un espectáculo de muchísima categoría, y, en cuanto a la edad, aprende a mirar por dentro, cariño, que es lo que un buen político y una buena política deben hacer, mirar a los ciudadanos por dentro, y yo por dentro soy más joven que la Suri, la hija del Tom Cruise, o por lo menos igual de joven y un poquito más arreglada, eso sí, pero sólo un poquito, que hay que ver cómo llevan a la niña. Menos mal que nuestro alcalde sí que sabe mirar por dentro, y por fuera, cómo mira el muchacho, con esos ojos negros que tiene, con esa sonrisa, que te sonríe y tú notas que te está mirando con los dientes, qué sarpullido interior le entra a una cuando un muchacho como ese te mira con esos ojos y esa sonrisa. Así que, como a la delegada de Juventud no se le ablandaba la peineta, me fui a Orión, Alta Peluquería, y le dije a la Orión, niña, habla con el alcalde y cuéntale mi caso. Se lo contó. Y en estas que me encuentro una noche al alcalde en El Garaje, ese bar para descarriados que hay en La Algaida, que iba él acompañado por ese chiquillo tan gracioso que lleva ahora lo de la Fundación Triángulo aquí, y él mismo se me acercó, el alcalde, hola, me dijo, yo soy Víctor Ramírez, como si no lo supieran hasta las alúas, tú eres amigo de Orión, ¿verdad?, tú eres el que quiere hacer el curso de maquillaje artístico, no hay problema, llama mañana a la delegada de Juventud de mi parte, llama al Ayuntamiento y que te pasen directamente con ella, ya lo hemos hablado, porque tienes toda la razón, por dentro eres más joven que nadie y, por fuera, un pedazo de artista, que te he visto en el Garbo.

Como para no votar a ese chiquillo cada vez que haya que votar, Tigresa. ¡Frena un poco, mujer, que parece que le estoy hablando a un trompo!

Total, que le ofrecí a mi Charete dejarla de cara hecha una fotochop si por fin ella tenía la sangregorda y la poca conciencia de ir a ese ofensivo Baile de las Diademas. Y va entonces ella y se me pone melindrosa. Que ella no tiene ya cuerpo para fiestas así, y que, de ir, sería por darle gusto a María Sofía, pero que, a sus años, ya no se ve vestida como loca en carnaval, y eso que diadema no hay, pero de joyas buenas no anda precisamente escasa, que tú lo sabes, Joaquín, pero que ella siempre ha sido más de tenerlas que de lucirlas, y que mira que me he emperrado en dar una imagen sobria y respetable, y que no, que ahora no se ve hecha un repollo con bombillitas. Y es que ni en eso parecemos ahora la Charete y yo nacidos de la misma madre, con la intervención del mismo padre, Tigresa.

Dime algo, anda. ¡O mírame!, para que yo vea que por lo menos me estás escuchando.

Yo, hasta cuando voy vestida de Joaquín, que es la mayor parte del tiempo, siempre me las arreglo para meterle un poquito de bullita vistosa a un yersi, a una cazadora, a un pantalón vaquero, a un complemento, tú lo sabes. Y no hablemos de cuando voy de la Furiosa, entonces parezco la Giralda iluminada. A ella, en cuanto enviudó de su negrito muerto en Vietnam, porque la verdad es que era un negrito, no un negrazo, le dio por vestirse como señora de toda la vida, aunque tuvo que aprender, claro, su trabajito le costó. Es que no daba con la tecla. Al principio, sí, mucho traje sastre negro o gris marengo o azul marino o, poco a poco, de otros colores sobrios, pero cada dos por tres el escote le llegaba hasta el arranque de la madriguera y así no había forma de tomarse su señorío en serio. Luego, pasado el luto y el alivio de luto, y un poquito más centrada, o más descentrada, según se mire, tuvo ella unos meses de vestirse y arreglarse y enjoyarse como la Lis Táilor, qué exageración, hasta que de pronto le dio otro siroco, bueno, de pronto no, fue cuando se murió la Puri, criaturita, y mi Charete volvió a la sobriedad incolora, inodora e insípida en su fondo de armario, con unos camiseros que parecían todos de penitencia permanente, y a la gente le dio por cavilar y por decir que se había arruinado, que se había gastado el dineral que le dejó el difunto y la pensión de viuda del ejército americano en saber qué enjuagues o en qué malos negocios y en costearle caprichos a la Puri, y la verdad es que se puso a llevar una vida monástica, y le dio por hablar todo el tiempo en su cuarto de estar con la grulla Mimí, incluso después de que a la grulla Mimí tuvieran que disecarla, qué tristeza pordiós, que me lo pregunten a mí que soy su hermano y llegué a pensar que mi Charete había perdido para siempre el gusto de vivir, con lo que ella había sido. Y sigue igual, ahora como las elegantes del año de la polca, pero por influencia de su María Sofía, que hasta consigue que se permita algunas alegrías decorativas en lo que se pone. Y es que esa María Sofía le tiene comido lo que le tiene comido.

Doña María Sofía Ibáñez de Gallardo, casada con el tal Gallardo, madre de siete hijos, ricachona por su casa y por matrimonio, que ella es de buena familia, gente de bodegas, y el tal Gallardo, en cambio, un cateto que hizo una fortuna con el negocio de las flores, y no detallemos qué clase de flores, y la pobre María Sofía tiene una carita de avutarda compungida que da penita vérsela, pero le tiene comido a mi Charete el sentido y la voluntad, fueraparte otras cosas que le coma, si es que se las come, que la gente no para de referir sobre ellas. Amiguísimas son, como mínimo, desde que la Charete, que tenía sus buenos ahorros, entró con el tal Gallardo en el negocio de los invernaderos, y luego compró acciones de la bodega de ella y, al final, aunque no pegaran la una con la otra ni con engrudo, acabaron las dos convertidas en uña y carne. Y así siguen. Por darle gusto a María Sofía acabará yendo la Charete, como una invitada más, al Baile de las Diademas. Qué coraje.

«¿Y a ti qué más te da?», me dijo la penca de la Divina, mientras se lo contaba, porque a ella ya se lo he contado.

¿Que a mí qué más me da? Que esa fiesta es una patada en el estómago de todos los que están pasando tantísimos apuros y se hartan de llorar una noche sí y otra también, que esa fiesta es una cabronada con trompetas habiendo tanta penuria y tanta desesperación, que esa fiesta es un purgante con cuchillas para media Algaida. «Uy, Furiosa, cómo te pones, pareces de Podemos», me dijo la Divina sin mirarme, enfrascada ella en echarse en el careto puñados y puñados de ese colorete pésimo que compra en los chinos. Eso no me lo vuelvas a decir, le dije yo rebotadísima, eso de que parezco de Podemos no me lo vuelvas a decir ni en broma, Divina, ni en broma, esos se han cagado en mi padre que fue comunista de verdad toda su vida, como servidora. Estábamos las dos solas, en el camerino, la Divina y yo, porque ella necesita una eternidad para embalsamarse y a mí me gusta llegar con tiempo al Garbo cuando tenemos función. A las pruebas me remito, aquí me ves, Tigresa. Las diez en punto de la noche es la mejor hora, de octubre a marzo, para presentarse en cualquier sitio, ya sea en un vernisage o en un funeral. Ni demasiado pronto ni demasiado tarde, y bien desahogada, que tampoco es cosa de ir por ahí acalambrada de ansiedad o desbaratada por las prisas.

«¿Y qué día has dicho que es esa fiesta?», me preguntó de pronto la Divina.

«No lo he dicho. Pero es el 20 de noviembre.»

«Uy», dijo ella.

«¿Uy, qué?»

«Un flas», dijo, pero me costó trabajo entenderla. Se había quedado como se quedan las criaturas en televisión cuando la televisión se atranca. Cuando reaccionó, parecía mareada y acertó a decir, pero con la lengua estropajosa: «He tenido un flas».

«¿Qué flas, Divina?»

40

Le llevó su tiempo salir del flas, como si saliera de una anestesia, y por fin dijo:

«Niña, ¿ese día no le pasó algo a Franco?».

«Sí, maricón, algo le pasó a Franco ese día: se murió.» Me salió la aclaración un poco borde, la verdad, pero es que esa mujer, cuando se pone en plan marquesa de derechas, me saca de quicio.

—Furiosa...

—Dime, Tigresa, corazón. Por muy tigresa que seas, también tienes que descansar. Dime.

—¿Quién es ese Franco que se murió?

Bendita sea la juventud. Y la extranjería. Descansa un poco, mujer. Estáis todas igual. Pues a mí me parece que un poco de lujo y de elegancia y de diversión selecta no le hace daño a nadie, yo la encuentro una idea divina, me dijo la Divina, como si la hubiera tratado de vuecencia, yo la fiesta esa la encuentro, me dijo, una explosión de poderío chic, un evento de altísimo estandin del que debería estar orgullosa toda La Algaida, seguro que lo sacan en todas las televisiones, y, a fin de cuentas, ahora que lo pienso, ¿qué es lo que hacemos nosotras?, y no te pongas furiosa, corazón. Nosotras, le contesté hecha candela, para empezar hacemos arte, que es muy distinto, y lo hacemos con cuatro pesetas, sin ningún despilfarro, no hay más que ver el colorete que te compras, mariconchi, lo apretadita que eres para el dinero, lo estreñida de bolsillo que te parió tu santa madre, pero está bien, nosotras no ofendemos, nosotras gastamos lo justo, y hasta menos de lo justo, y hacemos arte escénico, que por algo me admitieron a mí en ese cursillo municipal de maquillaje. Luego, está la conciencia. Es que ya no hay conciencia, Tigresa. Bueno, sí, tampoco voy a negarlo, habrá conciencia elegetebé, o como se diga eso, tampoco voy yo a quitarles méritos a los chaveítas y las muchachas que trabajan con mucho empeño y mucha formalidad y arman el barullo que haya que armar cuando algo no se puede consentir, esos colegios de monjas que echan a un maestro por ser gay y por serlo sin acobardarse, como le hicieron a este alcalde tan sensacional que tenemos ahora, o esas parejitas de chiquillos o de chiquillas a las que les dan una tunda cuando salen de cualquier discoteca haciéndose arrumacos, pero eso no quita, hija, para que ahora la mayor parte de los de la cofradía quieran ir de parejas estables y respetables, de matrimonios seriecitos, de profesionales estupendos, todos vestidos de ejecutivos fetén o de bohemios refinados, o de machirulos musculados, o de intelectuales empingorotados. Todos van de maricas irreconocibles, vamos. Ya no quedan apenas artistas de la vida, no sólo artistas del escenario, sino artistas a tiempo completo, de diario y de fin de semana, y peleonas, capaces de sacarle los ojos con las uñas pintadísimas, furiosas o muertas de risa, o las dos cosas a le vez, a una bandera entera de la Legión, si los caballeros legionarios se pasan tres cuarteles y se ponen bordes. Y, por supuesto, capaces de poner en su sitio a esa recua de gallaretas adineradas, dispuestas a echarse encima las minas del rey Salomón una noche mágica, no te jode, como si esto fuera Jauja.

Jauja no será, protestó la Divina, pero tampoco hay ninguna necesidad de convertir un día sí y otro también en Miércoles de Ceniza. ¿Y quién dice eso?, me le encaré yo. Nadie dice que haya que convertir la vida en un desfile de penas y lamentaciones, claro que no, hay que levantar la cabeza y tirar para adelante lo mejor que se pueda, y con la mejor de nuestras sonrisas, como dice el cursi ese de la tele. Ay, hija, se quejó la Divina, aguántate la furia y deja que eso lo hagan otros más preparados, nosotras a lo nuestro, nosotras a entretener y a deslumbrar y a emocionar, nosotras a crear un mundo de fantasía e ilusiones, nosotras a crear un mundo bonito, un mundo divino, que falta nos hace.

¿Nosotras a lo nuestro?, le pregunté yo. ¿Y qué es lo nuestro? Lo nuestro es todo, degenerada. Lo nuestro también es no consentir lo que no se debe consentir. De la crisis estarán saliendo ellas, no te jode. Bueno, no estarán saliendo porque nunca entraron, pero no por eso nos lo tienen que restregar por la cara, con fiestas como esas. Lo nuestro es armarla de una vez, si nadie la arma. Escucha lo que te digo, Divina, le dije, ¿sabes lo que te estoy diciendo? Te estoy diciendo que nosotras, por la gloria de mi madre, esa noche, en ese atravesado Baile de las Diademas, la tenemos que armar.

Eso le dije, furiosa. Y eso te digo a ti, Tigresa. ¡Estate quieta, por Dios! ¡Escúchame! Esa noche la armamos.

La Tigresa lo que quiere es divertirse

¡Carallo, nena, qué guay, qué brincadeira! Qué deferencia la tuya con esta pobre salamanquesiña tropical. ¡Qué brincadeira!

—¿De qué hablas, Tigresa?

—De la revuelta pirotécnica que estáis cavilando. ¿O no me llamas para hablarme de eso?

—Pues sí, para eso te llamo. Ni que fueras adivina.

Lo soy, viado.

Sobre todo, soy adivina cuando estoy tomando el sol, como ahora, en la azoteíta de mi señorito, con mi crema superlúxury y mi tanguita de pedrería y, para no caer en la aburrición, me provoco a mí mismo para pensar en cosas.

—¿Y a ti qué te parece? La revuelta, digo.

Fuerte, Canelita.

De verdad, qué fuerte, lo mismo le dije a la Furiosa cuando me lo contó la otra noche en el Garbo, durante mi sesión de entrenamiento. Y lo mismo le dije a la Divina cuando ella y yo lo comentamos, qué fuerte. Pero también le dije: qué brincadeira más refrescante, Divina, de verdad, yo me apunto, por supuesto que me apunto, la Furiosa puede contar conmigo y puede contar ya, gacela, claro que a ver cómo nos organizamos, que yo no puedo venir a la mariquera esta del Garbo más tiempo del que vengo, que no tengo libre todos los güíquens, qué más quisiera, sólo güíquens alternos, tú lo sabes, y aun así, la bicha del señorito Paco y, sobre todo, el bicho del marido del señorito Paco un güíquen sí y otro también me lo quieren cambalachear. Y al señorito Paco todavía me lo engatuso yo con cuatro arrumaquitos de lagartijita maluca, que bien se da él cuenta y me dice: anda, anda, Dudusiño, no me cameles, y juega a resistirse, pero si lo pillo a solas se deja hacer y consigo lo que quiero, pero el marido es más seco que el sertón y me tiene ojeriza y no me hace un favor así le aplique vudú, qué viado menos engrasado. ¿Qué significa viado? Maricón. Viado, bichona, bambi, baitola, gacela, todo eso significa lo mismo: marica destraumatizada. Bueno, destraumatizada o traumatizada por completo. Entonces, la Divina, que ya tú sabes cómo es, que te escucha a trompicones, paró un momento de embadurnarse ese careto de chucha desvitaminada que tiene y me dijo:

«Tigresa, ¿tú por qué hablas así, tan raro?».

Y yo le dije:

«Porque soy brasileño, bonita, ¿o es que aún no te has dado cuenta?».

Yo creo que todavía no se ha enterado, hermana. Pero tú sabes de dónde soy, Canelita. Brasileño de Manaos, sí, pura selva, medio salvaje yo, pero cosmopolita, que desde que empecé de garoto de programa, o sea, de taxiboy, que es más fino, de puto, vamos, con dieciocho añitos, y, sobre todo, desde que dejé el vagabundeo desmotivado y me vine a Europa a trabajar en la prostitución, he competido con tortolitos de todos los países: venezolanos, colombianos, mexicanos, búlgaros, rumanos... Y competir es una cosa que enriquece mucho, pero también te aturde un poquito el lenguaje, la verdad, que yo ahora hablo un popurrí, y además cansa, lo de competir, digo, así que ahora trabajo de mozo de comedor del señorito Paco y del pesado de su marido, no de cuerpo de casa, ¿eh?, eso ni hablar. Porque tú sabes lo que es el cuerpo de casa, ¿verdad, Canelita?

—Ni idea.

Pues deberías saberlo, que para eso eres de aquí, tú eres autóctono, como esos lirios tan raros que salen en la playa.

Claro que, te diré, yo tampoco lo sabía. A mí me entró un día el señorito Paco por internet, que tenía yo un anuncio muy vistoso en telechapero.com, me dijo que quería conocerme, yo le pregunté que si conocerme quería decir follar, él me dijo que también, que era anticuario, que vivía en una casa divina del centro de Sevilla, que cuál era mi tarifa, y yo le dije que, fuera de Madrid, trescientos euros dos horas, quinientos euros la noche entera, más el billete del AVE ida y vuelta y los taxis, y que las invitaciones a comer y a copas se daban por descontado. Él me dijo que de acuerdo, me mandó el billete del AVE, y a las cuatro de la tarde de una cuarta feira, o sea, un miércoles, en pleno julio, con un calor de los que derriten el biutibox entero, entraba yo por la puerta de esa casa grandísima y medio desportillada, pero que parecía un museo de cosas del Rastro, la mayor parte exageradísimas, y me encontré con un viado gordo como la Moby Dick y vestido sólo con una túnica blanca. ¿Tú no sabes quién es la Moby Dick?

—Una ballena.

Sí, la verdad, una ballena.

Una ballena que trabaja en el A Noite de Chueca, pero hace giras por toda España, yo una vez la vi en el Batucada de Sevilla y ella es así, tremendona de lo gorda que está, casi igual de gorda que mi señorito Paco, y casi igual de gracioso, porque mi señorito Paco es bien chistoso, con certeza. La brincadeira lo hace como puede, que tanta grasa en el cuerpo le estorba, pero, lo que puede hacer, lo hace de escándalo. Y de pronto va él y me pregunta que si no me gustaría trabajar en su casa de cuerpo de casa, y yo le pregunto que eso qué es, ese trabalenguas, y él me dice que arreglar la casa y tenerla como los chorros del oro, y yo le digo que ni trastornado, y entonces me ofreció el puesto de mozo de comedor, para servir la mesa y piñonerías así, y yo, que ya estaba un poco agotado de tanto programa, me dije: vale, voy a probar, y probando estoy.

—¿Te pagan bien?

—¿Que si me pagan bien? A mí me pagan de pena.

—¿Cuánto?

Seiscientos euros. Al mes. Libre de impuestos. Qué gusto tan descansado hablar contigo por el iPhone, Canelita.

Gracias por llamar. Cuando tomo el solecito en tanguita, esto de hablar por mi iPhone me sienta igual que untarme una crema ultraprotectora y ultrafina. Como te decía, seiscientos euros al mes libres de impuestos es lo que me pagan y sin Seguridad Social, pero yo la Seguridad Social no la quiero, yo soy pájara de paso y no pienso durar aquí más que lo que se divierta mi coquina. Seiscientos euros más la habitación, las comidas y mis caprichitos, eso sí. ¿Qué caprichitos? Una camisetita, unos yins, una colonia, yo los caprichitos los necesito como el desayunar, como el comer y como el yantar, yo es que soy más caprichosiña que la Paris Hilton. ¿Y cómo le saco yo esos caprichitos a mi señorito, con lo agarrados que son todos los señoritos de este mundo, y cuanta más alcurnia gastan, más agarrados? Con mis artes maluquiñas, mi bambi, así se los saco. Al señorito Paco, ya te digo, que al señorito Adolfo, el marido del señorito Paco, no le saco ni los mocos.

—¿Y cómo lo llevas?

¿Cómo lo llevo? A veces bien, a veces regular, y a veces fatal.

Lo del otro día fue como para dedicarse al narcotráfico, de verdad. Menos mal que supe verle instantáneamente el lado festivalero, que es algo que yo preciso verle a todo desde que era una crianza, y gracias también a que tuve público. El sábado pasado tuve público doméstico, por eso no pude venir a hacer el espectáculo. Hasta las tantas tuve que quedarme haciendo de mozo de comedor, pero avisé, que conste que avisé, aunque luego la Furiosa se pusiera furiosa diciendo que no avisé. Avisé. Claro que le di el recado a la Divina, y ya sabes que ella tiene la cabeza embarcada en un crucero de lujo por los fiordos noruegos, como muy cerca, todo el rato. Pero avisé. Porque el señorito Paco tenía invitados, una manada de bichonas desacreditadas, pero con pretensiones de grandes divas de los tiempos de Pelé, y Juana, la cocinera del señorito Paco de toda la vida, tuvo que hacer cocochas, con el asco que me dan las cocochas, cocochas de aperitivo, ¿te lo puedes creer? Con lo bien que le habría quedado un aperitivito de olivas y chochos, que son dos cosas que llenan mucho, yo no digo que les entretuviera el hambre a las bichonas hambrientas con langostinos, que valen un dineral y lo ponen todo perdido de cáscaras malolientes, pero se notaba que las cocochas habían estado de oferta y a mí me daba incontinencia estomacal sólo servirlas. Así que cuando el señorito Paco me ordenó que sirviera a los invitados le dije que ni en sueños, que allí estaban todos muy apelotonados y no me podía mover, que se sirvieran ellos, coño, que ninguno estaba tetrapléjico, allí estaban a su entera disposición las cocochas en una bandeja de la vajilla del palacio de Petrópolis, por lo menos, esa vajilla llena de desconchones que no sé yo el valor que puede tener. Algunos de los invitados se miraron como diciéndose que no se lo podían creer, que yo era fuertísimo, y a uno de ellos, al escritor, porque uno de ellos era ese escritor bastante poderoso que va de vez en cuando por el Garbo, le dio una escandalera de risa que a mí me sonó a gloria, pero al señorito Adolfo le sentó como patada de capoeira en la portañuela, que al señorito Adolfo me lo conozco como si le hubiera hecho millones de radiografías, pero no dijo nada, claro, él no dejó que se le notase, todo lo que tiene de desengrasado lo tiene de gran señora, no digo que no, y además es hasta guapo, el bandido, con esos ojos de un verde clarito que en Brasil tienen los millonarios. Mi señorito Paco quiso ponerse serio y me dijo Eduardo, porque cuando intenta hacerse la importante conmigo me llama Eduardo, no Dudú, ni Dudusiño, lo de Dudusiño lo deja para los momentos íntimos en los que se pone como jilguera apasionada, así que me dijo Eduardo, ya que no quiere usted servir las cocochas haga el favor de ir a ponerse la chaquetilla blanca, ese uniforme de mozo de comedor que me sienta como el aguarrás, me despinta, parezco un boticario, porque, claro, yo me había quedado con mis yins moldeándome el bumbún y el bambán, y mi camiseta negra de Hugo Boss ciñéndome los pectorales y marcándome los hombros y, cariño, a las bichonas se les iban los ojos todo el tiempo a mis encantos, que tú tienes que reconocer que mis encantos son sabrosos, sobre todo cuando voy masculinizado, que cuando voy de Tigresa de Manaos y en plan Carmen Miranda todo es más refinado y más de gran fantasía. Ya te digo, las miradas fogosas se les iban y se les venían, sobre todo al escritor, que también él tiene ojitos de rico, por cierto. Así que le guiñé un ojo bien desinhibido y me fui a cambiarme, y vuelvo de cambiarme y ¿con quién me encuentro en el pasillo, camino del baño de cortesía? Con el escritor. De modo que le clavé otra vez en sus ojitos ricachones mi mirada bucanera, y le sonreí como si de mi sonrisa dependiera la salvación del medio ambiente, y me metí con él en el baño de cortesía y le pegué el bambán al ombligo, porque mi bambán le llegaba a él a la altura del ombligo, no porque tuviera que empinarme, y le pegué mi boca gustosa a su orejita temblona, y me puse susurrador para decirle que yo era chico para todo, y el hombre se me descompuso, y le llevé la mano a donde se la tenía que llevar, y le moví los dedos para que no se me quedara ortopédico y aligerase, y me sacó el matogroso, y le empujé hacia abajo la cabeza, que el hombre ya sabes que es medio careca, pero con el cabello plateado y suavecito, precioso el cabello que le queda, que a mí me recordó en cuanto le vi la primera vez al Giorgio Armani, al de verdad, no esa travesti que se hace llamar la Armani porque se piensa que tiene buen gusto para vestir, desviada ella, a mí el escritor me recuerda al Armani auténtico, tan bronceado y con el pelo blanquito y cortito y de barbería cara, y me trabajó el corcovado con mucho arte, un arte de vicioso bien experimentado, y claro, entre el arte y las prisas me derramé sin tiempo para retirarme, que casi atraganto al escritor y lo dejo sin respiración, camino de la eternidad, y todo saltó por todas partes, y encima nos estarían echando de menos, y tuve que salir de allí apresuradísimo y jadeante, ni tiempo me dio a decirle que habría una propinita, ¿no? Luego, en cuanto entré en el salón, el señorito Paco ensegui-

51

da se fijó en los manchurrones escandalosos que traía yo en la chaquetilla y se acalambró y me mandó a gritos que fuera a ponerme la chaquetilla gris, con lo que yo odio también la chaquetilla gris, con ella parezco un guardia de la prisión de Curitiba, la prisión más chic del mundo, eso sí, allí han ido encerrando a todos los altísimos ejecutivos del escándalo de Petrobras, ¿tú sabes lo que es Petrobras?, Petróleos do Brasil, corazón, un escandalazo, con un montón de supermillonarios apresados en esa penitenciaría para vips corruptos, y con los funcionarios y carceleros vestidos con esas camisoliñas agrisadas que odio tanto. El gris me hace ratona.

«Pues el gris es un color divino, muy elegante», me dijo una vez la Divina, de pronto, destemplada ella, como si acabara de salir arrebatada de un coma, que ya sabes cómo es, que se queda como momia en sepulcro, aunque sin parar de pintarse, y de repente resucita y dice algo.

«Pues, mira», le dije yo, «deja de teñirte y de pintarte y que se te ponga gris hasta el camaleón.»

Ni caso me hizo, por supuesto. Aunque yo seguí contándole, porque contar, aunque nadie te escuche, desahoga mucho. Pero tú me estás escuchando, ¿verdad, Canelita? Para eso me has llamado, ¿no, leoparda?, para escucharme. Porque todo no terminó ahí. Yo me puse la chaquetilla gris, pasaron todos al comedor, que no te podías creer cómo había adornado la mesa mi señorito Paco, como carromato de chamarilero, mezclando a puñados lo más o menos bueno con lo rebarato, coral auténtico, según él, y conchas de la playa, algunos detalles caros, no digo que no, y mucho plástico, que hay que ver cómo canta el plástico, que aquello parecía una rifa en beneficio de discapacitados, y en medio de toda esa tómbola tuve que servir, vestido de gris, un gazpacho venenoso, porque a la Juana no se le da bien el gazpacho, y, mientras servía, yo no paraba de hacerle ojitos al escritor, incluso cuando me asomaba para comprobar si habían sobrevivido todos al agua con mendrugos, que eso era el gazpacho, y le sonreía descaradamente, y luego serví una carne en rodajas que no tenía nada de particular y un puré de sobre, yo vi a la Juana hacer el puré, y cuando estaba sirviendo la carne, el señorito Paco me llamó la atención sin consideración ninguna, me dijo que no bajara tanto la bandeja que le iba a tirar la carne encima a cualquiera de las bichonas aquellas, así que le respondí, en el mismo tono, que yo la bandeja no la bajaba tanto y, si no le gustaba cómo lo estaba haciendo, que se pusiera él a servir. Los bichones aguantaron esta vez la risa como pudieron, menos el escritor, que retumbó a carcajadas, muy fuera de lugar, las cosas como son, pero yo creo que lo que intentaba era disimular, como si así se le notara menos la faena que acababa de hacerme en el baño de cortesía. El postre ya ni me acuerdo lo que fue, seguramente una tarta baratucha de la confitería de la esquina.

—Hija...

—Dime.

—No me parece para tanto.

53

¿Que a ti no te parece para tanto? Es que no he terminado, cariño. Tú sigue escuchando. No sabes la carita de caniche cosquilloso que se me está poniendo sólo porque sé que estás escuchándome.

Qué bien se está aquí, al solecito, hablando por teléfono como las desocupadas de lujo. Como te decía, volvieron todos al salón y me tocó servir los cafés, las infusiones y los tragos largos, que cada bichona quería una cosa diferente, caprichosiñas ellas, aunque el escritor sólo quiso un vaso de agua con mucho hielo, yo creo que para seguir enjuagándose la boca, que mi sabor no se va así como así, y, claro, yo tenía que pasar por en medio de la aglomeración para servirle a cada uno lo suyo, y el señorito Paco volvió a reñirme, que no estorbara, que me quitara de en medio, que diera toda la vuelta por fuera para servir, eso me dijo, y yo le dije que si estaba ciego, que si no veía que no había sitio, que se sirvieran ellos, y el escritor venga a reírse, y el que era más joven, más alto, más tímido y más mono, y que se llamaba Ángel, ese nombre es del único que me acuerdo, porque era un ángel, dijo que él me ayudaba, así que yo luego me movía por detrás de las bichonas, procurando restregarle siempre por la espalda mi bambán al escritor, que al pobre acabó entrándole el hipo de tanto respingo, y mi Ángel se levantaba y le pasaba a cada uno su taza, su copa, su vaso, la leche, el limón, el azúcar. Un cielo de bambi.

Se me hizo tardísimo, ya te lo habrás imaginado. Porque después hubo que pasar al dormitorio del señorito Paco y del señorito Adolfo, todos en proce-

54

sión, porque era obligatorio ver la cama que acababan de comprar en un anticuario de Sanlúcar, una cama que no es nada del otro mundo, pero con historia, porque, según el señorito Paco y el que se la vendió, es nada menos que la cama en la que Francisco de Asís tenía sus brincadeiras con los camperitos y los marineritos, cuando iba por Cádiz y su provincia. «¡¿Que san Francisco de Asís también era loca?!», gritó, horrorizada, la Divina, cuando se lo conté. Gritó como si yo, aprovechando que estaba ella distraída, hubiera empezado de repente a despellejarla.

Le tuve que explicar que no era el santo, que era el otro Francisco de Asís, la Paquita le decían, el marido amujerado de esa reina de España que tuvo como setecientos hijos, pero todos de generales o de mocetones uniformados, o sin uniformar, que la soberana era muy castiza, muy campechana, muy suelta de enaguas y nada discriminadora, y su marido muy maricón. Eso me contó a mí el señorito Paco cuando compraron la cama. Ella, la Divina, me escuchó, se santiguó y volvió a sus potingues mientras yo seguía contándole. Porque, en un momento de la visita a la alcoba de mis señoritos, me acerqué al escritor, que ya le había cogido gusto a tantos restregones, le pegué mi bambán a los michelines, y, sin que me importara nada que pudieran oírme el resto de las bichonas, le susurré que habría una buena propinita, ¿no? Él, con mucho mundo a pesar de los nervios, sin mirarme siquiera, se llevó la mano al bolsillo y dijo: coño, muy alarmado, y mi Ángel, que era el que estaba a su lado, le

55

preguntó: ¿qué pasa?, y el escritor dijo, poniendo voz de mucho apuro: que me he olvidado la billetera en casa, y mi Ángel le dijo: no te preocupes, no vas a necesitar dinero para nada, y luego volvió la cabeza y me miró con una sonrisita de mormona callejera. Yo le pegué al escritor un pellizco en el culo que todavía le tiene que estar doliendo. Viado ahorrativo... Como para no meterse al narcotráfico.

Imagínate lo que me entra por el bodi cada vez que veo al escritor en el Garbo, con el alcalde, un príncipe el alcalde, cierto, disfrutando como una gatiña desenfrenada. Gran bichona ella. El escritor, digo, no el alcalde. Bueno, el alcalde está bien gustoso, pero también es una redomada bichiña.

Cuando por fin se fueron las bichonas, después de haber vuelto al salón a pimplar ya de todo como botelloneras desarregladas, yo ya no estaba para venirme a La Algaida, a hacer mi número aquí, eso que se perdió el distinguido público. Además, el señorito Paco me dijo que quería hablar conmigo de unas cuantas cosas. La primera, que qué pasaba con Darek, el serbio, que estaba en una silla, tristísimo, en el descansillo de la escalera. Tú sabes quién es el serbio, un vagabundo, pero serbio auténtico, un desharrapado al que tiene recogido mi señorito Paco para que le haga el cuerpo de casa a cambio de cuarto y comida, que ni para tabaco le da, alguna vez ha venido conmigo al Garbo. Pues lo que le pasa al serbio, le dije yo, es que, además de desangelado y lacio y esquelético y despintado y más triste que un domingo por la tarde, es un jartible y me tiene frito dándome lecciones de modales a todas horas, diciéndome lo que no tengo que hacer y lo que tengo que hacer y cómo lo tengo que hacer, así que lo he echado del cuarto, le he dicho que no pienso seguir compartiéndolo con él, por muy mandona conmigo que tú te pongas, y él ha cogido una silla y se ha sentado en el descansillo de la escalera a lloriquear. Yo creo que le ha quedado un trauma de la guerra que hubo por donde él es. Luego, otra cosa que quería preguntarme el señorito Paco era que si, por casualidad, yo le había pedido una propina a alguno de sus invitados, y le juré por mi santa madre que, por casualidad, no, que a ninguno, pero que el escritor se merecía que se la pidiese, porque mira que se había reído la bichona agarrapiñada gracias a mí. Y lo tercero que me preguntó era que si esa noche no venía al Garbo, a hacer mi número de Tigresa de Manaos. Ya te puedes suponer lo que le dije.

¿Con lo que había abusado de mí toda la tarde, que me había explotado como si fuera su esclavo? ¿Tú te crees que yo ahora tengo fuerzas y me queda chispa para irme al Garbo a brillar? Eso le dije. Bueno, Dudusiño, me dijo él, si quieres luego nos vamos a tu cuarto, ahora que el serbio está lloriqueando en el descansillo de la escalera, y nos damos el uno al otro unos masajitos. Viado carroñero, le dije yo. Pero enseguida hicimos las paces, como siempre, y luego, mientras el señorito Adolfo se iba a dormir con un rebote monumental, mi señorito Paco y yo nos quedamos guacheando televisión hasta las tantas y dándonos masajiños en el sofá del salón, y entonces fue cuando yo le conté el plan revolucionario que tiene la Furiosa para ese Baile de las Diademas.

«Pues es supersecreto», me interrumpió la Divina mientras yo se lo contaba, porque a ella también se lo he contado, pero volvió instantáneamente a desentenderse de mí.

Yo le dije, y te lo digo a ti, Canelita, que mi señorito Paco, para estas cosas, es completamente de fiar. Además, que por nada del mundo haría él algo que estropease cualquier entretenimiento aparatoso que le ponga toda la grasiña a repicar. Y lo del asalto al Baile de las Diademas se la pone. Le encantó el plan de la Furiosa. Yo le aclaré que la Furiosa, además de darle los fines de semana al travestismo, es una comunista de más de sesenta años y llena de rencor social, que lo que quiere es vengar a todos los necesitados del mundo y otras mariqueras castristas por el estilo, pero que yo estoy dispuesto a seguirle la locura hasta donde haga falta sólo para divertirme. Lo que yo quiero es divertirme, gacela. Y mi señorito Paco, también. Él se apunta. Él está ya decidido a vestirse de emperatriz francesa y a echarse encima todo el baúl de alhajas que tiene, la mayoría de ellas de mucha antigüedad y compradas por lo barato en unas cosas que se llaman testamentarías, o sea, lo que dejan las muertas cuando se mueren, y me dijo que, como él conoce a todas las duquesas y condesas y marquesas y señoronas que van a ir a ese baile, le invitarían en cuanto lo pidiese, que ya lo ha pedido y ya le han invitado, que yo he visto la invitación, y te digo, Canelita, que mi señorito hará para la causa el papel de caballo de Troya, como mi señorito me dijo, que gracias a él se nos abrirán las puertas de Troya de par en par. Eso le estaba contando yo a la Divina, convencida de que no me estaba escuchando. Pero me estaba escuchando, fíjate. Porque, en ese momento, me preguntó:

«¿Eso de Troya qué es, Tigresa, un bar de ambiente?».

Yo, que sé lo que es Troya porque he visto películas, le contesté: «No vas descaminada, gatiña. Aquello estaba lleno de entendidos».

«Pues será un bar nuevo», dijo ella.

«Para nada», le dije yo. «Es más antiguo que la cretona.»

Se quedó tan contenta, o eso me figuré, porque no le costó nada volver a ensimismarse en su sesión intensiva de automaquillaje, qué facilidad para desconectar y conectar en un santiamén, por favor. Eso sí, yo seguí a lo mío, fantaseando en voz alta con lo que puede ser esa intervención justiciera, como dice la Furiosa, en el baile de marras, y entusiasmándome cada vez más con lo que mi señorito Paco me estaba prometiendo, porque me ha prometido que, con su ayuda, gracias a nosotras va a arder Troya otra vez, y que a él le va mucho el fuego, como a Nerón. Tú sabes quién es Nerón, ¿verdad? Yo también, una vez lo vi en la tele. Como te lo estoy diciendo a ti, se lo dije a la Divina.

«Oye», me dijo ella de pronto, en un tono de lo más preocupado, «¿lo he soñado, o eres tú la que me ha dicho que se ha quemado un bar de ambiente?».

«¿Un bar de ambiente?»

«Sí, mujer, uno que se llama Troya.»

Así es ella. Pero tú anímate, niña, le dije. Yo soy de Manaos, y soy tigresa sin amaestrar si me sale del buzio, o sea, del caracol, y la Furiosa puede contar conmigo, en mi registro, porque tengo cuarenta años menos que ella, tengo más o menos tu edad, Canelita, ¿no?, pero tengo las mismas ganas que cualquiera de divertirme, aunque, eso sí, que la Furiosa se olvide de parloteos castristas y de resentimientos sociales. Tú me entiendes, ¿verdad? Para esto es para lo que has llamado, ¿no? Pues ya te he explicado lo que pienso y lo que siento. Uy, qué tarde es. Chao, cariño.

Coño, bicha ruiva, si me has cortado... ¿Cuándo? Ya sé que yo soy una máquina falante. Y ya sé que a veces cuesta un poquito entenderme. Yo es que hablo un popurrí.

La Canelita marca siempre sus límites

Fuerte, fuerte, fuerte, Pandereta. Y eso que yo siempre dejo claros mis límites. Luego, puedo terminar como la tricolor republicana, pero con los colores revueltos: morada de ojos, amarilla de cutis y con este pelo colorado con el que mi santa madre me parió. Pero yo siempre dejo claros mis límites. Otra cosa es que siempre me los respeten.

Qué agradable es esta terraza para merendar. Pero hija, cámbiame el sitio, no te importa, ¿verdad? A pesar de las gafas oscuras, la claridad me molesta.

Gracias, corazón.

Ahora la Furiosa dice que me tengo que recuperar a tiempo, que no podemos desperdiciar efectivos, y que si me recupero de todo menos del careto da lo mismo, que así quedo vistosa natural y me puedo ahorrar el maquillaje. Me han dicho que al puertorriqueño se lo llevó en volandas la policía militar de la Base, a saber lo que le estarán haciendo a la criatura. Es que hemos causado una sensación exagerada, esto es lo que se llama morir de éxito, o por lo menos salir descalabrada. Y que mis límites, a veces, se me escapan un poquito de las manos, lo reconozco. Ya verás tú,

Pandereta, cómo puede terminar el jubileo este que ha diseñado la Furiosa. Yo estoy con el jubileo, que conste, pero no estoy del todo con la Furiosa. Qué dolor, coño. Yo estoy a muerte con la idea de organizar el desembarco de Normandía en ese Baile de las Diademas, pero yo lo haría de otra manera, ya lo sabes, lo tengo repetido por activa y por pasiva, mejor dicho, siempre por activa, pasiva ni muerta. Bueno, muerta a lo mejor, que hay mucha parafílica suelta por ahí. Yo lo haría mucho más transversal. Y ya ves cómo se pone la Furiosa: «Transversal tienes tú la cañería del sotanillo, maricón», eso me dice ella en cuanto le hablo de la necesidad de ser transversales. Qué poca flexibilidad ha tenido siempre esa gente, por favor, y qué gafes, qué cenizos y qué amargados han sido y son. Y qué tristes y qué aburridos, siempre metidos en esa salsa roja que al final nunca sirve para nada. La verdad, triste y aburrida la Furiosa no es. Pero le falta cintura. Cintura mental, digo, porque la facha la conserva que te cagas, la muy cabrona. Le falta cintura mental para incorporar recursos, para aprovechar sinergias, para provocar empatía, para diseñar transversalidades. Ella no, ella quiere hacerlo a lo burra, como lo han hecho los suyos toda la vida. Hay que contar con otros impulsos de la sociedad indignada, Pandereta. Tú hazme caso. Y acuérdate de esto: como el asalto al Baile de las Diademas lo hagamos como la Furiosa quiere hacerlo, ya verás qué desbarajuste.

Que sí, que ella tiene mucha personalidad, eso no lo niego. Pero la personalidad hay que encauzarla bien,

Pandereta. Mira, yo, en cuanto me recupere, en cuanto vuelva a hacer mi número provocativo y arriesgado en el Garbo o donde sea, vuelvo a llamarme la Luzi, te lo prometo, como me llamo Píter que vuelvo a llamarme la Luzi. Así me llamaba en mi primera etapa *drag*, porque hace como cuatro años yo tuve una etapa *drag*, nada más terminar la carrera, porque yo soy maestro, tú lo sabes, todo el mundo lo sabe, pero entonces, en mis noches *drag*, me llamaba la Luzi, o sea, la Luzifer, así, con «z», como la Letizia. Me pega mucho más que esta mariconada de la Canelita. Pero la Furiosa se empeñó en que me llamase Canelita no sólo por esto de que soy medio pelirrojo, sino porque me dijo que soy un bebé al lado de todas las demás, y eso es cierto, Pandereta, las cosas como son, salvo la Tigresa de Manaos, que es de mi edad más o menos, las demás sois ganado clásico, como dice la Divina, y, al lado de tanto ganado clásico, una ternerita como yo tiene que llamarse algo dulce para que haga contraste. Ese es el argumento de la Furiosa. Claro que luego el respetable no gana para respingos cuando yo ataco con mi número, una provocación en toda regla, porque reconocerás, Pandereta, que mi número es fuerte, fuerte, fuerte.

Esa marica es pasivaaa,
anda buscando acción
de doble penetración.
Y aunque lo niegue es pasivaaaa.

—Niña, que nos están mirando.

Deja que miren. Será que están aburridísimas. Si no les gusta lo que oyen, que no metan el oído. Y si les gusta, que vayan al Garbo.

¿Que luego pasa lo que pasa? Pues sí, ya ves tú. A mí es que me pone mucho desafiar mis límites, que los tengo, vaya si los tengo. Yo digo hasta aquí, y tiene que ser hasta ahí, que muchos se embalan y hay que pararles los pies, y las manos, sobre todo las manos, porque, si no consigues que respeten tus límites, te dejan más desfigurada que el Ecce Homo de esa señora de no sé qué pueblo de Zaragoza, santa mujer, y una artistaza, te lo digo yo, una artistaza digan lo que digan, ¿o no has visto tú, en los periódicos, ese cuadro de Picasso que un Botín, de los Botín del Santander, quiso sacar de España para venderlo por una millonada en el extranjero y se lo prohibieron? ¿Tú no has visto ese cuadro? Búscalo en Google. Es el retrato de una tía dicen que joven, un primer plano, y te prometo, Pandereta, te prometo que es clavado, pero clavado, al Ecce Homo de la señora Cecilia. Mira, de pronto, me he acordado, Cecilia se llama esa buena mujer. Pues su Ecce Homo y la muchacha del cuadro de Picasso son clavados. Fuerte, fuerte, fuerte, Pandereta.

Total, lo que te decía, que algunos se embalan y si no respetan tus límites te dejan el careto hecho un picasso. Mírame. Bueno, mejor no me mires. Pero ¿sabes lo que te digo?, que estoy deseando volver al escenario de nuestro Garbo, ya en plan la Luzi, de Luzifer, y que se desenfrenen de nuevo las masas. Esto duele todavía un montón, mariconchi. A la Furiosa le da un poco igual que yo vuelva o no al escenario, ella lo que me pide es que me ponga bien para el asalto al Baile de las Diademas. Y quiere que lo hagamos nosotras con nuestras propias fuerzas, como si fuera un delito o una cobardía o una endeblez contar con la incorporación de todos los enfurecidos de este mundo, o por lo menos de La Algaida, a lo mejor se cree que aquí la única enfurecida es ella. Transversalidad, pordiós, transversalidad. Por eso es fundamental que te impliques, Pandereta. Fundamental. No pongas esa cara de UPyD. Tú no te habrás fijado, porque ya me he dado cuenta de que tú te fijas poquito en las cosas, no sé cómo hacías para poner derechos los ladrillos cuando eras albañil, bonita, antes de quedarte en paro, digo, no sé cómo lo hacías, pero, si te fijas un poco en todas las de UPyD, verás que todas ponen la misma cara que tú estás poniendo ahora, aspavientos de heroínas venidas a menos y encastilladas en no integrarse como no sea en la Santísima Trinidad, pero que sepas, Pandereta, que las de UPyD son ya como las maricas activas: minoritarias, minoritarias, minoritarias.

> *Selfies siempre por detrás,*
> *ay qué bonito ass...*
> *Oooooooooooooooooooh*

¿Qué tal mi español hasta ahora?

—¡Niña, baja la voz!

Fuerte. Qué fuerte es la Willam, la intérprete original de esa pieza maestra del inconformismo gay, es como la Peloponi pero en yanqui, con su español zarrapastroso y su contorsionismo de botellón. Y qué fuerte me pongo yo interpretando esa pasada, con mi *playback* perfecto y echando el resto en la gesticulación mientras señalo a las más fuertes del respetable: «Esa marica es pasivaaaaa...» A la mayoría le hace muchísima gracia, o por lo menos tragan la quina con una sonrisa de pared a pared y disimulan. En fin, que me estoy desviando. Ya sé, desviándome estoy desde que nací; mejor dicho, yo es que soy desviada de nacimiento. Y de vicio también, faltaría más, yo lo tengo todo, incluido mi título de diplomado en ciencias de la educación, y mi máster en Conocimiento y Pedagogía de la Cultura de la Paz, que así se llama el máster que tengo, además de mi contrastada experiencia en la composición de canciones infantiles, que no se te olvide: «No te voy a dejar en una gasolinera», una canción total, un referente contra el abandono de las mascotas. Pues a pesar de mi grado y de mi máster y de mis conocimientos musicales, y de que tengo aprobada la oposición para profesor de primaria, que la tengo aprobada, todavía no me ha llegado ni una interinidad para un colegio, aunque sea en un pueblo de Almería lindando con Murcia, por decir un sitio que me caiga lejísimos. Pero a lo que iba, Pandereta: tienes que convencer a tu titán, y a todos los Titanes, para que él y sus coleguitas nos echen una mano.

Ya sé lo que dice la Furiosa, que los Titanes están al servicio del capitalismo. ¿Y qué? Como si a ellos el capitalismo no los estuviera también explotando. «Ya quisiera yo que un titán de esos me explotara a mí», dijo la Divina cuando me escuchó a mí este argumento. Ella es que está a favor de la explotación del proletariado. De hecho, a ella la explotan, pero tan contenta que está, ahí donde la ves, siempre defendiendo a braga quitada a sus señoritos, es que no comprendo cómo se puede ser tan marica, tan proletaria y tan de derechas. Y eso que la familia de sus señoritos será una familia de abolengo, de esas a las que se les nota la alcurnia hasta en las uñas de los pies, como dice la Divina, pero a pesar de tanto abolengo y tanta alcurnia es una familia completamente desestructurada, que lo sé yo de buena tinta. Pero a ella le da igual, a ella le parece divino ser de derechas, ser del PP de toda la vida. Ya te digo, estaba yo en el camerino del Garbo debatiendo con la Furiosa sobre la mejor manera de organizar el asalto al Baile de las Diademas, cuando ella salió de pronto de su proverbial embeleso, que ya sabes que se concentra en su maquillaje y, a partir de ahí, como si el mundo exterior no existiese, pero esa vez, como le pasa de vez en cuando, salió de su sedación terminal y dijo: «De eso ni me habléis». Ya lo ha dicho un millón de veces.

Yo le dije: «Mira, esclava proletaria, tú sigue en tu limbo y calladita, que estás más guapa».

Ella dijo: «El limbo no existe. Lo ha dicho el Papa».

Yo le dije: «No me lo puedo creer. El Papa no puede haber dicho eso».

Y ella dijo: «Tú es que no sabes nada de papas».

Eso dijo la muy versada en pontífices, no te digo. Y volvió a la sedación.

De papas no sabré, pero sé de transversalidad y te lo repito, Pandereta, necesitamos que engatuses a tu titán. Ya has comprobado que sé de lo que hablo, con lo que tú te resistías a mis sugerencias artísticas, y hay que ver el éxito que tienes. ¿Quién te convenció de que lo hicieras como lo haces? Servidora. Yo de esto entiendo, Pandereta, yo esto lo controlo. Está bien, alguna vez no controlo del todo y pasa lo que pasa, y hay que ver cómo duele, porque esto duele de verdad, esto no es postureo sadomasoquista, aunque del resto estoy hasta satisfecha, la mar de satisfecha, diga lo que diga la Furiosa, y es que ella en el fondo es una burguesa de libro, una burguesa que quiere que no le desbaraten su marco vital, ella será muy roja de toda la vida, muy comunista, muy estofada de rencor social, como dice muy bien dicho la Tigresa de Manaos, muy vengativa y muy furiosa, pero su marco vital que no se lo toquen. A ella, en el fondo, sólo le preocupa que no le estropeen el local, como si el Garbo fuese de su propiedad exclusiva, y que no se lo cierren, que sí, que ya lo sé, que sería una putada para todas, pero eso es lo único que de verdad le preocupa, a mí ya pueden coserme el careto con una grapadora de oficina. Pero yo estoy más que satisfecha del efecto espectacular de mi provocación, «esa marica es una pasivaaaa», por eso te pido que te fíes de mí y que me hagas caso y que te esfuerces todo lo que haga falta y que consigas que tu titán y sus colegas se incorporen a nuestro pelotón de asalto. Del alcalde me encargo yo.

—¿Del alcalde? Como si el alcalde no tuviera otra cosa que hacer.

—Poner caliente al personal, empezando por el escritor. Esa es la otra cosa que tiene que hacer.

—No servirá de nada.

De algo servirá, mujer, no me hagas esas caras. No perdemos nada poniendo al alcalde de nuestra parte, todo lo contrario. El alcalde es coleguita mío de toda la vida, sólo que él ha terminado en el sillón de mandamás municipal y yo he acabado de Canelita en el Garbo, mucho más divertido lo mío que lo suyo como de aquí a Lima. Pero Víctor Ramírez, el alcalde, tiene poder. Última prueba de que tiene poder, lo que ha hecho con los semáforos. En La Algaida sólo hay semáforos en la avenida del Descubrimiento y al principio de la Calzada, ya sabes, y este último porque lo pusieron cuando montaron allí la plaza de abastos provisional, tan provisional que todavía está y lo que le queda. ¿Que no te acuerdas, Pandereta? Me acuerdo yo como si acabara de pasar hoy, y no soy de aquí, que soy de Jerez. Un día, las feministas radicales de La Algaida, apoyadas por las feministas radicales de Jerez, de El Puerto de Santa María, de Chipiona y de Trebujena, se plantaron en el primer semáforo de la avenida del Descubrimiento, invadieron el carril de la derecha, según se baja camino de la playa, e hicieron saber que no pensaban moverse de allí hasta que el semáforo les diera paso. El semáforo cambiaba del rojo al verde con total normalidad, pero las feministas radicales decían que no, que el semáforo era machista, que sólo marcaba el paso a los peatones hombres, no como en Jerez, donde los semáforos, tanto para que pasaran los peatones como para que no pasaran, tanto en rojo como en verde, iban intercalando un monigote de hombre y un monigote de mujer, y que, mientras eso no se implantase también en La Algaida, ellas no pensaban disolverse. Yo creo que tenían razón, mira. Y el alcalde también lo creía. De hecho, se reunió allí mismo con las feministas radicales, les prometió atender su demanda, la atendió, ahora los semáforos de la avenida del Descubrimiento y el que hay entre la plaza de abasto provisional y la delegación de Hacienda del Ayuntamiento han dejado de ser machistas y se ponen en verde o en rojo con monigotes de hombres y de mujeres, y al alcalde le tienen organizado un viacrucis en algaidadigital a cuenta del dineral que se ha gastado en, según ellos, la patochada de los semáforos igualitarios. Se me ocurre, Pandereta, que ahora tendríamos que hacer algo para que los semáforos también tuvieran en cuenta a las *drags*. Pero esa causa vamos a dejarla para después de la incursión en el Baile de las Diademas.

—Qué rico este bizcocho relleno con helado de vainilla y chocolate, Canelita.

—Riquísimo. ¿Quieres un vasito de agua?

—¿Agua?

—Sí, mujer, esa cosa que no tiene olor ni color ni sabor y que se bebe, y que es el gran secreto de belleza de todas las famosas escuálidas de este mundo.

—Ay, gracias, agua no, que retengo líquidos.

Lo que te iba diciendo, Pandereta, es que, si la noche en que yo me puse temeraria nos hubiera fallado la policía militar de la Base de Rota, que está siempre al loro, que no se sabe de dónde sale de repente siempre que hace falta, pero, si nos hubiera fallado, nos habrían venido como picha al culo mis años de amistad íntima con el alcalde. Estoy segura de que yo habría conseguido que no nos cerraran el Garbo. Así que del alcalde me encargo yo, aunque tenga que seguir haciendo de celestina entre él y nuestra mecenas, que hay que ver el enrollamiento tan raro que se traen esos dos. Pero, Pandereta, tú eres la más adecuada, de hecho eres la única adecuada, para encargarse de los Titanes.

La que siempre habla maravillas de la policía militar de la Base, por cierto, es la Charete, la hermana de la Furiosa. La hermana de sangre y mujer-mujer, ya lo sabes. Lesbi de cemento armado, pero mujer-mujer. Yo no entiendo del todo esa desesperación que tiene la Furiosa a cuenta de que su hermana haya recibido la invitación para el Baile de las Diademas y de que se esté planteando ir, más que nada, por lo visto, por darle también ese tipo de gusto a su María Sofía, que de los otros gustos me parece a mí que la tiene bien servida. ¿Y qué si va? A cualquiera que oiga a la Furiosa le parecerá que, si la Charete va al baile, se les descuajaringa a las dos toda la estirpe comunista. Pues que se le descuajaringue, que ya es hora de ponerse al día y de apostar por la transversalidad y la eficacia, ya es hora de contar con todos los descontentos y todos los indignados, vengan de donde vengan. Por eso tienes que ocuparte de que vengan los Titanes. Seguro que a la Charete la policía militar de la Base la sacó de más de un apuro en sus tiempos de mujer de la vida, de asistenta sexual de los muchachos del Tío Tom en tierra extraña, que más de uno se pondría desenfrenado con cuatro tragos de más, pero allí estaba a los dos segundos la policía militar para poner las cosas en su sitio, como seguro que han puesto en su sitio al puertorriqueño, pobre criatura, hasta pena me da, fíjate. Pero cómo duele, puñetas.

Para un minoritario que hay, me tiene que tocar a mí. Porque ya te lo he dicho, Pandereta, nuestras hermanas activas son ya minoritarias, minoritarias, minoritarias. Fíjate que yo, en mi casa, encima de la consola del recibidor, tengo un cartel que reza: «Se busca minoritario para amiga necesitada». Fuerte, ¿verdad? A ver si alguno pica y le hago un favor a la Divina, que será todo lo divina que se quiera pero hace una eternidad que no se lleva una alcayata al cáncamo, la pobre. Fueraparte, creo que estos días a la Divina le pasa algo, fíjate. Claro que tampoco yo las tenía todas conmigo, a ver si en vez de uno de esos minoritarios tan escasos me salía uno de los otros, también escasísimos, uno de la UPyD. Y mira tú por dónde, por fin aparece un minoritario como es debido, llega desde la Base de Rota, se mete con sus colegas en el Garbo, y va y se explaya conmigo. ¿Pero sabes lo que te digo, Pandereta? Que a mí lo que tenía que salirme es un escritor como el que le salió al alcalde antes de que fuera alcalde, y que yo creo que todavía algo le dura. «Si un escritor se enamora de ti, nunca morirás.» El escritor que viene de vez en cuando por aquí, sí. Nuestro mecenas. Alguna vez ha venido al Garbo con el alcalde. Bueno, ha venido también con amiguitos de Madrid, pero más de una vez ha venido sólo con el alcalde. Esos dos tuvieron hace como cuatro años una historia que era como lo de la Preysler con el Vargas Llosa pero en marica, bueno, y sin muerto, porque no había muerto, quiero decir muerto reciente. El caso es que el escritor escribió una novela con esa historia y fue un escandalazo, al menos en La Algaida, y después rompieron pero no rompieron, y luego el alcalde, cuando aún no era alcalde, claro, se fue un año a San Francisco a enseñar español y a cancanear, a mí que no me venga con cuentos, conmigo que no se haga la virgen y mártir, y volvió, y estuvieron unos meses más bien distanciados, cuando la Furiosa y yo fuimos a ver al escritor para que invirtiese en el Garbo llevaban algún tiempo sin verse, y eso que el escritor se acabó comprando una casita en La Algaida, concretamente en La Vera, esa zona medio exclusiva, aunque la casa es un adosado de medio pelo, en fin, que como que se rehuían el uno al otro. Pero el alcalde se puso a trabajar para ser alcalde y acabó pidiéndole al escritor que fuera en el número 25 de su lista para las municipales, como señal de apoyo, y el escritor acabó aceptando, no iba a aceptar si al pobre todavía le dura el calentamiento global que le entró por el muchacho. El caso es que Víctor Ramírez lo consiguió, el primer alcalde abiertamente gay de La Algaida, que se sepa. Tan abiertamente gay que, cuando va en moto, porque va mucho en moto, lleva un casco con la bandera del arcoíris pintada. El día de la toma de posesión yo le mandé al alcalde esa frase que encontré en internet y que no sé de quién es: «Si un escritor se enamora de ti, nunca morirás». El alcalde se la mandó por WhatsApp al escritor y el escritor la puso en su perfil de Whats-App como «estado», que hay que ver las chorradas pretenciosas que pone la gente, pero de vez en cuando el escritor cambia esa frase tan total por un verso de un poeta de cuyo nombre no puedo acordarme y que dice, déjame que lo mire... Aquí está. Estado: «Afortunado el hombre que despierta junto a un treintañero con la barba de oro». De un tal J.A. González Iglesias parece que es esto. Bonito, la verdad. Treinta y dos o treinta y tres años tiene el alcalde, y esa barbita de tres días que le sienta de morir.

A mí un escritor así, siempre que fuera un poquito más marchoso y tuviera cuarenta años menos, me vendría de perlas.

Porque no sólo es camastrón, es que también es tímido. El escritor es tímido, no te lo vas a creer. Bueno, sí te lo vas a creer porque tú misma lo viste, Pandereta, con tus propios ojos, la otra noche. ¿O no lo viste? A veces pienso que no ves nada, mariconchi, qué fuerte eres. El escritor y el alcalde estaban juntos ese día entre el respetable, y yo ataqué con mi canción franquicia:

Esa marica es pasivaaaaa...

Y señalé al escritor. Y seguí. Y, sin dejar de señalarle, llegué a esa parte tan refinada de la canción que dice:

Es una pasivaaaa,
ni necesita salivaaaaa
pa' que le entre hasta arribaaaaa...

—¡Niña, baja la voz!

Y el escritor, rojo como un tomate, sin saber dónde meterse, y el cabrón del alcalde desbaratándose de risa y diciendo por señas que sí, que pasiva total, y el pobre escritor dándole codazos al alcalde, una cosa como de jugueteo, que yo, en el pellejo del escritor, me habría puesto con el alcalde en plan puertorriqueño y, mira, ahora seríamos dos con el marco facial como una bandera de tres colores recosida al tuntún y causaríamos más sensación en instagram que las Kardashian, cultura digital a tope. Por cierto, como para que el escritor se meta a *drag* en alguno de los pases del espectáculo, que es lo que le propone la Furiosa, tentadora ella, siempre que se lo encuentra. La verdad es que al hombre se le nota una predisposición, que hay que ver lo que disfruta siempre con nuestro petardeo tan gracioso y tan artístico, pero como es tan tímido, se corta. Hasta que algún día no se corte, que no me extrañaría nada.

Claro que tú también sabes lo que es causar impacto en el respetable, Pandereta. Ya ves que yo entiendo de esto, de revolucionar al gentío. Fíjate en el buen resultado que te da siempre mi recomendación. Eso sí, las pobres Charete y María Sofía tuvieron la mala suerte de venir a vernos precisamente el día en que a ti te tocaba la tercera variante de tu versión de *Soltera pa toa la vida,* la que dice eso de «¿Por qué no te casas, niña?, dicen por los callejones», esa copla tan graciosa, hasta la Juana Reina la bordaba a pesar del estilo ahuecado que ella le ponía a todo. Y tú la bordas, Pandereta. Tú, una mezcla de Juana Reina y de Miguel de Molina, digo en el lenguaje corporal, porque la grabación ya sabes que es la de la Miguelona, a mí es la que me gusta y por eso te la elegí como asesora musical del Garbo que soy. Miguel de Molina sí que le sacaba toda la picardía a la letra. Pero ni en sueños me podía imaginar yo que allí estarían, esa noche, la Charete y su María Sofía. Qué mal rato pasaron, sobre todo María Sofía, pobrecita.

Ahora lo que a ti te toca es convencer a tu Emiliano y al resto de los Titanes. No podemos presentarnos por las buenas en el palacete de los Pontebianco, si es que a eso puede llamársele palacete, casoplón sí que es, no como lo que se compró el viudo de la duquesa de Alba, antes de ser duque viudo, en efecto, Divina, no hace falta que me mires así, antes de ser viudo, de acuerdo, tú sigue a lo tuyo, cariño, que estás más mona sordomuda, pero se agradece la aclaración. Lo que se compró el previudo en La Algaida ni es un palacete ni siquiera un casoplón, como dicen algunos ignorantes de la prensa rosa, es una casa corriente y moliente. Pero como te decía, Pandereta, nosotras no podemos presentarnos por las buenas en la cancela del jardín de los Pontebianco y decir aquí hemos venido a armar la revolución y a ver dónde ponemos la guillotina. Duramos menos que una pamela abandonada en Chueca. No, Pandereta, no. Eso es lo que pretende la Furiosa, pero no. Hay que aprovechar bien cosas como que el señorito de la Tigresa de Manaos esté dispuesto a echarnos una mano, desde dentro, hecha toda ella una yegua de Troya, porque le divierte un jaleo más que un chapero a algunos marqueses y a un famoso pianista que yo conozco. Y hay que aprovechar que tu Emiliano está por tus curvas, y por todo lo demás, para incorporar a los Titanes al atropello. Y, si es posible, a los camareros y las camareras del cáterin. Y a los músicos de la orquesta. Y a la policía municipal, si se tercia, que están siempre las criaturas protestando de lo mal que los tratan los políticos de turno. Incluso, mira lo que te digo, hasta habría que implicar a las propias marquesonas y que ellas mismas acaben en la fiesta tirándose de los pelos y arrancándose las joyas como poseídas. La Furiosa dice que ni hablar, que no se puede implicar a tanta gente, que más pronto que tarde alguno se iría de la lengua y adiós a la incursión, porque tiene que ser una incursión sorpresa que pille a todo el mundo descolocado y con las bragas por las rodillas, eso dice ella. Pero yo digo que la clave del éxito está en hacer las cosas bien, darle proyección y sentido global a la incursión, la clave del éxito no puede ser que se hagan las cosas en secreto pero hacerlas mal, sin alcance, sin grandeza. Porque, si lo hacemos como pretende la Furiosa, todo va a quedar, de cara a los medios y a la opinión pública, Pandereta, que yo de esto sé, todo va a quedar como una gamberrada de maricas, de travestis, de *drags*, de trastornadas. Peor aún, todo va a quedar como un intento de gamberrada, porque dudo mucho que consigamos dar ni un paso dentro del jardín, o en los salones donde se va a celebrar el evento. Claro que hay que tener cuidado, por supuesto que hay que tener cuidado, hay que conseguir de todos y todas un compromiso firme de confidencialidad, y confiar en la complicidad de todo ser humano indignado, cabreado y desencantado. Pero hay que intentar por todos los medios que sea una incursión transversal. Ya sé, Divina, ya sé, todas las de Podemos somos iguales, y a mucha honra. Y tú, Pandereta, tienes que hablar con Emiliano ya, o, si quieres, quedamos las dos con Emiliano y yo le cuento.

Qué carita has puesto...

No te preocupes, cariño, que no te lo voy a quitar. Buenorro sí que está el hombre, está bueno que te cagas, está cañón, eso ni por estrategia te lo voy a negar, pero me parece que no es mi tipo, me parece que tu Emiliano tampoco tiene mucho sentido del humor. Me da a mí que no tiene ni mijita de sentido del humor, fíjate. Como el puertorriqueño. ¿Y entonces qué pintaba en el Garbo, Pandereta, qué pintaba ahí el puertorriqueño si tiene menos sentido del humor que una infanta imputada? Es verdad que esa noche en el Garbo había *overbooking* de militares de la Base, se les distingue a la legua por las pintas y por el corte de pelo, y eso sería mucha presión para el pobre, el angelito tendría que hacer ante sus colegas una demostración de lo machirulo que es. Abarrotado de colegas de la Base estaba aquella noche el Garbo. Y es que las niñas del Loren estarán todas muy ricas, o casi todas, que yo he visto entre ellas algún que otro cardo borriquero que induce al coma profundo, aunque supongo que tendrán habilidades recónditas, tienen que tenerlas, pero, cuando los muchachotes de la Base quieren divertirse de verdad, se vienen al Garbo.

Y que yo tenía la noche temeraria, Pandereta, no te digo que no. Por eso empecé con mi canción franquicia haciendo un recorrido general por todo el respetable, tú ya lo viste, ¿no?, si es que alguna vez eres capaz de ver algo, mi amor, y señalaba a voleo a unos y a otros mientras sonaba eso tan fuerte de «esa marica es pasivaaa, anda buscando acción de doble penetración», y cuando interpretaba, con mi perfecto *playback*, eso tan poético de «si se hinca no es para rezar, boca con profundidad jamás se va a ahogar, o se jura medio machín, pero huele a jazmín...». Pero cuando llegó por segunda vez el estribillo me dije: prueba tus límites, Canelita. Así que clavé en los ojos al puertorriqueño mi mirada perturbadora, él estaba en la primera fila de mesas, en la del centro, frente por frente al escenario, estaba con otros dos militares y, ya te digo, con soldados, y puede que hasta mandos de la Base, por todas partes. Yo en el puertorriqueño ya me había fijado, como para no fijarse en el tiarrón, Pandereta, cuadrado como un camión de butanero, morenazo natural, no de rayos uva como el noventa y nueve por ciento de las musculocas de este mundo, con los ojos negros pero llameantes como candelas, con labios como brevas, con un cuello y unos brazos y unos muslos que quitaban el sentido, despatarrado, con un paquetón como el museo Guggenheim de Bilbao, así de llamativo y escandaloso, con toda la pinta de volverte del revés en clave sadomaso, con lo que a mí me va ese rollo, hija, así que le señalé por derecho con el dedo índice de mi mano diestra, porque yo siempre agarro el micrófono con la siniestra, a fin de cuentas el micrófono no nos sirve de nada, que todas somos puro *playback,* y yo con la derecha soy capaz de volcar en el respetable toda mi expresividad más luziferina, que cuando regrese me pienso llamar otra vez la Luzi, ya te digo, y le dediqué de frente al puertorriqueño, y también a su compañía, lo de:

Es una pasivaaaaa,
sus amigos también
pasivas como él...

Qué poco sentido del humor, coño. Cómo duele. Qué salto dio el muy cabrón, y mira que yo estaba convencida de que no se podría tener de pie a causa del colocón, y que no sería capaz de apuntar con tino, y con esa ventaja jugaba una servidora, pero deben de estar entrenadísimos, seguro que lo has visto en las

80

películas, Pandereta, seguro que has visto lo entrenados que están, por eso se vino a por mí sin atrancarse ni tambalearse, y con qué agilidad saltó al escenario, y menudo hostiazo me dio, que ya ves cómo me ha dejado, y yo ni grité porque me quedé semi KO en el primer arreón, me revoleó, me tiró al suelo del primer mascazo, y se me echó encima dispuesto a rematarme, qué miedo pasé, y eso que sus colegas también saltaron al escenario e intentaban aguantarle, y allí gritaba todo el mundo menos yo, cómo gritaba la Furiosa, acuérdate, pero yo, en mi semi KO, sólo acertaba a decirle al puertorriqueño furioso, por favor, por favor, le suplicaba, respeta mis límites. Ya ves tú. Menos mal que apareció enseguida, como por ensalmo, la policía militar de la Base y se lo llevó en volandas.

Pero me voy a recuperar. En cuanto me duela el cuerpo un poquito menos, y aunque me siga doliendo el careto, me recupero y vuelvo al espectáculo. Y voy a conseguir que la incursión en el Baile de las Diademas se haga como yo creo que hay que hacerla. Y tú, Pandereta, ya estás llamando a tu Emiliano y quedamos lo antes posible con él.

La Pandereta tiene un novio en multipropiedad

Emiliano es un junco. Ya no es un chavea, ya tiene sus añitos, pero es un junco. Todavía tiene un cuerpo de los que te quitan la jaqueca nada más verlo. Y esa cara, como si la hubiera inventado el bótox. Y ese salero de macho seriecito, no sé si me explico. Siempre fue así, gracioso, pero templado. De chaveíta era un escándalo de bonito, de simpático y de entregado a lo que tocaba entregarse. Como para que no tuviese el éxito que tenía en casa de la Duquesona. Por eso, cuando le dije que una compañera mía del Garbo quería hablar con él, lo primero que me preguntó fue si era rumbosa.

Qué agradable es este camerino del Garbo. Y qué amplio, ¿verdad? Ya ves, ahí están esas, porfiando como almejeras clandestinas. Mira, yo a veces estoy de parte de la Furiosa y a veces estoy de parte de la Canelita, pero ellas sabrán. Nosotras a lo nuestro, que es pintarnos, y ellas que sigan porfiando.

Tú sabes, Divina, que la Canelita rumbosa sí que es, la verdad. Dentro de lo que puede, claro. Siempre dispuesta a convidar a una caña con su tapita, aunque sea de altramuces. Yo soy un poco adicta a los altramuces, chochitos los llamáis aquí. La otra tarde la Canelita me invitó a merendar en La Caleta, qué agradable es también esa heladería. Claro que la invitación no fue a fondo perdido, ella quería algo, y su dinerito le costó la convidada. Sería que puede permitírselo, por lo menos de vez en cuando. Con sus cancioncitas para los chiquillos, tan graciosas, supongo que la Canelita se apaña algún dinerito, porque lo que nos sacamos en el Garbo no da para ser rumbosos. Yo, con mi subsidio para mayores voy tirando malamente, pero con la ayudita de lo que sacamos en el Garbo hasta puedo darme un caprichito de higos a brevas, y el caprichito que me doy, en cuanto puedo, se llama Emiliano, para qué voy a negarlo. Emiliano me hace un precio, eso sí. Y más de una vez se entrega a lo que se tiene que entregar sólo por gusto. «Esto es un regalito», me dice luego. El muchacho me tiene ley, ya son una barbaridad de años de relaciones, porque lo nuestro es una relación en toda regla. Una relación abierta, como se dice ahora. Yo con eso no tengo problema. No puedo permitirme tener problema con eso, es lo que hay. Ya te he dicho que, en cuanto quieras, te lo presento, Divina. Él no es muy exigente en el precio, siempre que no presumas de trabajar para una familia de alcurnia, claro. Si se lo dices, si él se entera de que trabajas para unos potentados, lo mismo intenta subirse a la parra, pobrecito, tú dile que has agotado el desempleo.

¿Qué te pasa, Divina? Te veo rara.

Bueno, eso de que te veo es un decir. Veo menos que un costalero debajo del paso de la Veracruz. Estas cataratas, hija, que llevo un siglo en la lista de espera para operarme por la Seguridad Social. Por el dinero no me puedo permitir operarme, como siga así voy a terminar yendo por la vida comiéndome las farolas. Qué penita ser pobre. Pero hoy, fíjate, te veo rara, Divina. ¿Qué te pasa? Ya sabes que yo tampoco soy de mucho hablar, no como esas cotorras, que no paran, pero hoy estoy embalada. Míralas, ahí siguen, discutiendo como loros sobre la intervención, o como le llamen a eso que quieren hacer en la fiesta de las alhajas o como se llame la fiestecita, ese fiestón humillante, como dice la Furiosa cuando se pone intensa. Qué estomagantes se ponen con eso la Furiosa y la Canelita. Nunca se cansan de discutir sobre si lo hacen de una manera o de otra. Pero nosotras aquí estamos, en nuestro rinconcito, tranquilitas. Corazón, a mí me puedes contar lo que quieras, me puedes contar todo lo que te pasa, yo soy de las de candado y doble llave en la boca si tú quieres discreción, yo no voy a ir balconeándolo por ahí, como dice la Tigresa, qué graciosa. Y cuando quieras, ya te digo, te presento a Emiliano, porque a lo mejor todo lo que te pasa es que hace cincuenta trienios que no te encienden un cirio en el pentecostés.

Otra cosa, cariño, la Canelita debería cambiarte el número que haces en el Garbo. De verdad. Ya sé que *La saeta,* de Serrat, es una canción divina, es divina hasta cantada por la Caballé de esa manera tan rara. Aunque a ti te va divinamente *La saeta* por la Caballé, eso que conste. En eso la Canelita ha acertado. Sólo que no pega mucho en un sitio como el Garbo, hija, a lo mejor a más de uno hasta le parece una irreverencia. Y eso que te queda niquelada. La haces con una unción en lo que es tu expresividad que todas acabamos, hasta las que están depiladas, con el vello de punta. Pero hay maricas muy raras, cariño, o sea, muy capillitas, muy devotas, y de las del fanatismo. Y, aunque no fuera así, tú necesitas algo más alegre, más fiestero, con más condimento. Algo como lo que yo hago, yo no digo que te dejes caer con una barbaridad ordinariota como la de la Canelita, ya ves la flagelación que se ha buscado, pero algo como lo mío, *Soltera pa toa la vida*, qué copla más graciosa. Y el éxito que tengo, porque reconocerás que tengo un éxito de campeonato, eso se lo debo también a la Canelita. También para eso es ella rumbosa. Me dijo: «Pandereta, te voy a proponer que hagas unos cambios en la copla y en tu actuación y verás qué impacto». Yo, al principio, me resistí. Me parecía una falta de respeto a doña Juana Reina y a don Miguel de Molina, aunque me barrunto que a él le habría parecido de perlas la proposición de la Canelita. Y es que, cuando en la copla yo decía, y sigo diciendo: «¿Por qué no te casas, niña?, dicen por los callejones, yo soy compuesta y sin novio porque tengo mis razones», el distinguido público me gritaba, y me sigue gritado: «¡Guapa, guapa, guapa!». Hasta que un buen día, después de la función, la Canelita me dijo: «Mira, Pandereta, yo creo que tendrías todavía más éxito si cambiaras cada vez unas palabritas de la copla». Ya digo, me resistí. Y la Canelita insistía: «Prueba, Pandereta». Pero es que, además de parecerme una falta de respeto, era un lío. La Canelita, que ya sabes que es un hacha con el aparato de la música, tenía que interrumpir la copla unos segundos y, en esos segundos, se tenía que escuchar mi voz verdadera cambiando la letra. Qué nervios. Yo nunca he sido mala para cantar, a mí lo de cantar siempre se me ha dado bastante bien, pero esto era una filigrana que no me iba a salir. La Canelita decía: «Lo ensayamos». Y no sé cómo terminó por convencerme, de verdad.

—¡Porque yo sabía que te iba a quedar bordado, Pandereta!

Qué susto, coño.

Es que no la he visto pasar a mi espalda. Y además tiene oído de tísica, la gachí, que la Virgen del Rocío se lo conserve. Pero lleva razón, lo bordo. Lo tuvimos que ensayar muchisísimo, porque a mí los nervios me paralizan, hasta que le cogí el intríngulis. Y bien que se lo he cogido, ¿verdad? A lo mejor ni te has dado cuenta, Divina, hay que ver cómo eres. Pero del griterío tienes que haberte dado cuenta, ¿o estás ya casi completamente taponadita de orejas, además de taponadita del husillo, como yo estoy ya casi completamente cegata? Vale, si me estás escuchando ahora, y me estás escuchando aunque parezca que no me echas cuenta, el griterío que se organiza conmigo en el Garbo fijo que lo oyes. Cuando yo, con mi propia voz, digo, y lo digo con mucho salero, las cosas como son, cuando canto a capela, que así me ha explicado la Canelita que se llama eso, cuando canto «¿Por qué no te casas, "niño"?, dicen por los callejones, yo soy compuesto y sin "novia" porque tengo mis razones», el distinguido público me grita: «¡Maricón!». Y que no me vengan las fanáticas con que lo hacen por ofender, lo hacen por participar. Y cuando canto a capela «¿Por qué no te casas, niña?, dicen por los callejones, yo soy compuesta y sin "novia" porque tengo mis razones», todo el Garbo se pone a reventar gritándome: «¡Bollera!». También por participar, no por ofender. Pero qué penita me dio la María Sofía, de verdad. Allí estaban ella y la Charete, en una mesa de la primera fila, cortesía de la casa, o sea, orden de la Furiosa, y tuvo que coincidir su visita con todo el Garbo gritando «¡Bollera!», y estaba clarísimo que se había dado por aludida, pobrecita mía, se descompuso como si la estuvieran sacando del armario a cañonazos. Yo creí que teníamos que llevarla a la UCI. Qué malísimo color se le encajó en la cara, qué sudores, qué trembleques, y eso que la Charete, que yo la vi, le cogió la mano por debajo de la mesa y se la apretaba y la miraba a los ojos para darle coraje y consuelo y para que no se cayera al suelo redonda. Mira, Divina, lo que hizo la Charete me dio ternura. ¿Sabes lo que te digo?, esas dos se quieren de verdad.

¿Tú sabes qué me recordó a mí? Me recordó lo que me tocó vivir en la cárcel de Badajoz con diecinueve añitos. Tú sabes, Divina, que yo soy de Los Palacios, y con diecinueve añitos, y mucho antes, tenía la mar de claro lo que me gustaba. Luisín, el hijo del secretario del Ayuntamiento, también lo tenía clarísimo. Nos íbamos a los carlitos a hacer nuestras cositas, y yo le cogí gusto a poner la plaza patas arriba y dejar que Luisín diera por allí la vuelta al ruedo y saliera a hombros por la puerta grande. Tú me entiendes. No pongas esa cara de novicia de clausura, que me entiendes. Nosotros pensábamos que en los carlitos que había por entonces en lo que todavía eran las afueras del pueblo no nos vería nadie. ¿Qué te pasa, Divina?, qué rara estás. ¿No sabes lo que son los carlitos?

¡Canelita! ¿Cómo les llamáis ustedes aquí a los carlitos, que ahora no me viene?

—¡Aquí les llaman calistros, pero de verdad se llaman eucaliptos!

—¿Eucaqué?

—¡Eucaliptos, corazón, eucaliptos! Y no me hagas gritar que se me irritan las cuerdas vocales.

Seguro que la irritación de garganta que tiene es de dar voces, no te digo. Bueno, pues eso, Divina, como te iba refiriendo, nosotros tan seguros que estábamos de que en los carlitos no nos veía nadie, pero alguien nos vio. Nos vio y se chivó al secretario del Ayuntamiento. Y el secretario del Ayuntamiento no sé lo que le haría a Luisín, pero a mí me denunció en el cuartelillo por degenerado y vicioso y maricón pasivo. Me metieron en la cárcel de Badajoz, en la de Huelva metían a los que no se dejaban dar sino que daban. Aquello fue horroroso, Divina, mejor ni te lo cuento. Tuviste suerte, corazón, si no terminaste en Badajoz o en Huelva. Bueno, en Huelva, tú, ni en sueños. Tuviste suerte. Y la Furiosa, que es de nuestra quinta, lo mismo. Al menos, yo nunca se lo he escuchado contar. Claro que yo tampoco lo cuento, porque sólo de contarlo me pongo mala de meterme debajo del cobertor. Y eso que, con un padre tan comunista y tan de campo como el de la Furiosa, seguro que ella se pasó media vida poniéndose en lo peor, imaginándose en una celda de la cárcel. Pero, fíjate, cuando vi a la Charete y a María Sofía agarraditas de la mano por debajo de la mesa me acordé de la cárcel de Badajoz. Bueno, me acordé de mi Pablo, Pablo Laguna García se llamaba, seguramente lo más bonito que he conocido en la vida. Emiliano aparte, Emiliano es otra cosa, más hombre hecho y derecho y de los de Huelva. Mi Pablo era de un pueblo de Córdoba, ya no me acuerdo cuál, pero cordobés seguro que era, y tenía mi edad, y lo habían metido en la prisión de Badajoz por lo mismo que a mí, pero yo me enamoré de él allí dentro y a él le pasó lo mismo conmigo. Un amor limpio, Canelita, de verdad, ¿cómo no iba a ser limpio si a los dos nos gustaba la misma cosa? Ahora, en estos tiempos tan colvulsos, como dice la Furiosa, me parece que la mayor parte de los del gremio son redondos, o versátiles, que es como se llaman ahora todos los modernos a los que les da lo mismo ponerse del derecho que del revés, pero nosotros teníamos principios. Aparte de que habría sido la mar de incómodo andar todo el rato de Badajoz a Huelva y de Huelva a Badajoz. Eso fueraparte. No te puedo enseñar una foto de Pablo Laguna García porque nunca pude tener una foto suya, pero el chiquillo era un serafín. Sobre todo, cuando se quedó sin sus gafas. Mi niño tenía gafas, pero un día se las partieron los funcionarios cuando le daban chocones contra la pared, y durante un tiempo se apañaba el pobre con lo que le quedaron de las gafas, hasta que terminó perdiéndolas del todo. Veía menos de lo que yo veo ahora, y ya es ver poco. Tenía unos ojos preciosos, de color uva, pero de poquito le sirvieron, aunque le sirvieran para que yo me prendara de él. Poquita cosa, ya sé, poquita cosa. ¿Qué más podía hacer una? Yo le guiaba, le cuidaba lo mejor que podía, procuraba que estuviera a gusto, y cuando yo pensaba que no nos veía nadie, le cogía de la mano y se la acariciaba y él también me la acariciaba a mí. Nunca nos descubrieron. A él lo soltaron antes, y no he vuelto a verle en mi vida, y durante mucho tiempo, allí dentro, después de que a él lo soltaran, y también durante mucho tiempo después de que me soltaran a mí, me parecía que me habían cortado las manos. Las dos. Qué penita.

Emiliano es otra cosa, ya te digo, nada que ver. Eso sí, también con él he ido durante mucho tiempo a los carlitos, pero aquí, en La Algaida, a los que hay en lo que llaman El Lamparón, en La Vera, nada más salir de esa curva asesina que hay en esa carretera. Esto que me traigo yo con los carlitos, esta atracción fatal, debe de ser un destino, y a lo mejor por eso a mí me cuesta tanto resfriarme, dicen que los carlitos son mano de santo contra el constipado. En infusión, ya sé, pero yo creo que en crudo también. Sólo hay que fijarse en cómo huelen, sobre todo cuando ha llovido. El caso es que ahí, en El Lamparón, nunca nos vio nadie, que yo sepa. Y eso que a Emiliano lo conoce todo el mundo y se le distingue de lejos. A mí, en cambio, al principio no me conocía nadie. Nadie. Yo acabé en La Algaida por un amigo que era de los de Huelva, un monumento de muchacho que trabajaba en un restaurante en el que yo hice unos trabajos de albañilería, un restaurante en Los Palacios, pero le salió aquí un empleo de cocinero en otro restaurante, cocinaba divinamente. Nos vinimos juntos a trabajar aquí, él en uno de los restaurantes del puerto pesquero, un restaurante que ya desapareció, y yo en mis ladrillos, él me dijo vente conmigo y yo me vine, y aquí me quedé. Al final, cada uno por su lado, a él le salió otra cosa en Isla Cristina, pero yo ya no quise moverme. Y un día alguien me habló de la casa de la Duquesona y no me pude resistir y fui, y allí estaba Emiliano. ¡Canelita!

—¿Qué quieres ahora, maricón? ¿No ves que estamos en un debate trascendental?

—La Duquesona se llamaba la Duquesona, ¿verdad?

—Así la llamaban. Sería para distinguirla de la duquesita, no te digo. Fuerte, fuerte, fuerte.

Pero fuerte. Como si hubiera confusión posible. Yo creo que le llamaban la Duquesona, aparte de por las pintas de borbona desparramada que tenía, se daba un aire a doña María de las Mercedes, te lo juro, pero yo creo que la llamaban la Duquesona por puro chufleo de marca mayor. La duquesita era la de Medina Sidonia, claro, con todo el abolengo que tenía ella abarrotado hasta en los nudillos, y antigüísimo, saliéndole por las orejas. Pero le decían la duquesa roja porque se las traía tiesas con Franco. Uña y carne eran, por lo visto, la duquesita y el padre de la Furiosa, a cuál de los dos más comunista. Y mira que el padre de la Furiosa nunca pasó de trabajar en el campo. Y, eso sí, de dar mucho la murga marxista leninista y sindicalista, como dice la Canelita. Y hacía siempre, por lo visto, lo que la duquesita le mandaba. A lo mejor por eso la Furiosa nunca fue a la cárcel de Badajoz, porque la duquesita lo protegía. La duquesita fue toda su vida un pitraco de metro y medio, aunque con unos huevos del tamaño de la carpa en la que han metido la plaza de abastos provisional, multiplicada por dos, pero un pitraco de metro y medio. Y un rabo de lagartija. Mientras que la Duquesona medía por lo menos metro ochenta, estaba gorda como la Caballé, los huevos se los aplastaba con una venda porque le daban grima a él mismo, eso me contó Emiliano, y era menos comunista que tú y yo y la Teófila Martínez juntas y tenía menos abolengo que servidora en la vesícula biliar. La casa de niños la puso la Duquesona en su domicilio particular del final del callejón de la Trampa. Tú sabes dónde está el callejón de la Trampa. Sí, corazón. Está frente por frente de la plaza de abastos de toda la vida, donde en sus tiempos estuvieron las casas de niñas, donde ahora hay un museo de bichos disecados, que no sé a quién se le habrá ocurrido esa porquería, por mucho mérito que tenga, que seguro que lo tiene. La casa funcionaba a todo plan el año entero, menos en agosto. En agosto es que venía un sobrino de la Duquesona con la familia a echar allí el verano y, claro, no era cosa de recibir a los muchachos y a los clientes estando la parentela, con cuatro chiquillos y la abuela de la mujer del sobrino, por en medio.

Famosísima era la casa de niños de la Duquesona, te lo digo yo. Famosísima en toda España. Y todo por el boca a boca, entonces no había revistas para nosotros ni programas de radio para nosotros ni cachondeo ni ligoteo por internet para nosotros. Venían entendidos no sólo de toda la provincia de Cádiz, sobre todo de Jerez, también de Sevilla y de Córdoba y de Málaga, y eso que Málaga siempre nos ha caído tan a trasmano, y un porrón de buitres muy emplumados y muy perfumados, y también no tan perfumados, que había de todo. También de Madrid. Algunos de mucho postín, y más de un famoso, había tardes que el pasillo de la casa de la Duquesona parecía la alfombra roja. Tú sabes lo que es la alfombra roja, ¿verdad, Divina?, la ponen todo el tiempo en *Corazón, Corazón*, siempre de bote en bote de gente importante y de famoseo, aunque sea famoseo de tres al cuarto. Pues así estaba todos los días, desde las tres de la tarde, el pasillo de la casa de la Duquesona. Y es que los niñatos de La Algaida eran entonces de morirse, sobre todo los de la parte del puerto de pescadores para arriba, esos rubios tostados y con los ojitos claros, un escándalo de niñatos. Ahora también los hay, pero, no sé por qué, destacan menos. Decían que un gobernador civil se pasaba con mucha frecuencia por la casa de la Duquesona, con su cochazo y su chófer y su guardaespaldas. Entonces no había empresas de seguratas como la de los Titanes, pero habría, digo yo, guardaespaldas o guardias civiles o lo que fuera para estar al quite si a la autoridad correspondiente le pasaba algo. Decían que ese gobernador civil, o a lo mejor otro, se encaprichó de uno de los niñatos y se lo llevó a Cádiz y le puso un piso enfrente mismo de la playa de la Victoria y lo tenía a cuerpo de rey. La Canelita dice que eso tiene que ser una leyenda urbana. Será una leyenda urbana, pero las criaturitas que se apretujaban en el tresillo de escay y en las sillas desparejadas, cada una de su padre y de su madre, y hasta en banquillos de esos bajitos que tienen el asiento de plástico, en el cuarto de estar de la Duquesona, estaban en vilo, angelitos míos, por si aparecía de pronto un gobernador civil y se encaprichaba de alguno de ellos. Los chiquillos pensarían que España entera estaba llena de gobernadores civiles con el gusto de cama cambiado. Fíjate que Emiliano, en cuanto me acerqué a él para pedirle un aparte, lo primero que me dijo fue, guasón: «Tú no eres gobernador civil, ¿verdad?».

La casa de niños de la Duquesona era digna de verse. Era una casita baja, con un portón como de corral y un patio de adoquines que era un corral, efectivamente. La Duquesona se sentaba en una mecedora de enea en medio del patio, siempre que no lloviese, claro, pero siempre sofocada, siempre con una especie de chilaba que alguien le trajo alguna vez del moro, siempre abanicándose con mucha desesperación, menos si algún día el fresquito era un poco mayor de la cuenta, que entonces se echaba por los hombros, encima de la chilaba, un abrigo de pieles, como te lo cuento. Un abrigo de visón, eso decía ella. De gatos podridos, digo yo. A los clientes que asomaban por el portón siempre les decía «Pase usted, pase usted», siempre lo mismo y siempre de usted, aunque los conociera de toda la vida, y les señalaba la puertecilla, siempre abierta, que daba al pasillo y que iba a parar al cuarto de estar. Un cuarto no mucho más grande que un excusado, de veras, o al menos eso parecía con tanta silla apelotonada a un lado y otro del sofá de escay marrón y hasta delante del frigorífico, cerrado con cadena y candado para que todo el mundo, después de pedirle la llave a la Duquesona, pagase la cerveza o la cocacola o la tónica que quisiera tomarse. Algunos clientes iban arregladísimos, pero todos parecían encantados de estar en un sitio tan típico y tan auténtico y se plantaban allí de trapillo, y algunos no le hacían ascos a meterse en uno de los dos dormitorios que tenía la casa con el chiquillo o el torazo de turno, aunque la mayoría eran jovencitos. Otros, más escrupulosos, preferían llevárselos a otra parte. «Mejor que nos vayamos por ahí, ¿no?», eso fue lo que yo le dije a Emiliano la primera vez que le entré. Y él me preguntó lo que siempre se preguntaba entonces, «¿Tienes sitio?». Y le tuve que decir que no, porque entonces ya me había traído a mis padres a La Algaida y al poco entraron de caseros en esta finca, en esta casa que ahora es el Garbo. Menos mal que está tan cambiada que no atino a recordar cómo era cuando vivíamos aquí. Yo creo que me entraría una pena grandísima si me acordase. El caso, Divina, a lo que iba, que Emiliano me dijo que no importaba, que él tenía aparcado allí cerca el mosquito y que podíamos irnos a echar el rato al calistral que había en la carretera de La Vera. Desde ese día, y a pesar de lo gordo que yo ya estaba, y del miedo que me daba ir empernacada en el mosquito, en el portamantas, agarrada como una garrapata a aquel junco, ese calistral fue nuestro nidito de amor. Hasta que pude ya alquilarme mi pisito. Bueno, mi pisito: un pasillo y una habitación, y el excusado en el patinillo que tengo en la parte de atrás. ¿Cómo dice la Canelita?

¡Canelita!

—¿Qué, por Dios?

—¿Cómo le llamas tú a mi pisito?

—Madriguera, maricón.

—No seas borde, anda. ¿Cómo le llamas?

—*Loft.*

Eso. Lof.

Emiliano tiene otro lof. O sea, un cuarto. Y tiene otros cuantos nidos de amor, ya te digo, Divina. Con otros y con otras. Yo no soy celosa. No soy celosa ni posesiva porque no me lo puedo permitir, que si me lo pudiese permitir, a lo mejor lo era, no digo que no. Prefiero no pensar en los otros nidos de amor que tiene Emiliano. Cegata que eres o que te haces, insensible que se te queda el corazón, como acolchado, así que ahora estoy más insensible del corazón que nunca, porque te juro que no veo ni torta. Estas cataratas me tienen como anestesiada, de verdad, hay que ver lo importante que es la vista. Claro que a veces no tengo más remedio que ver, aunque sea medio a tientas, y yo me entiendo. Este verano, por ejemplo. Emiliano y yo nos colamos una noche en el recinto de las carreras de caballos, en el segundo ciclo, que es el fetén, con gente de todas partes y esos palcos a los que puedes arrimarte si tienes un poquito de desenvoltura y te convidan a tapas buenísimas. Bueno, en realidad, en el recinto nos colaron los colegas de Emiliano en Los Titanes. A Emiliano no lo eligieron este año para la seguridad del recinto de las carreras, no sé por qué, con lo vistoso y lo apañado que él queda siempre, pero en esa empresilla hay mar de fondo y el Agonías no se anda con miramientos. El Agonías es el dueño de la empresa Los Titanes, Divina. Pero los amigos le dijeron e Emiliano que ya le colarían ellos en las carreras, y Emiliano me pidió que le acompañara, así que me fui con él. Colarnos por la parte de las dunas fue facilísimo. De pronto, ya dentro, Emiliano vio a uno de sus clientes de Sevilla, un decorador famosísimo que iba con una especie de cacatúa medio indígena, pero multimillonaria, eso se nota. Yo iba en mi versión masculina, que Emiliano dice que aún doy el pego, no sé, a lo mejor el mundo está lleno de gente con cataratas y en lista de espera para operarse por la Seguridad Social. No creo, la verdad. El recinto de las carreras es para gente con posibles que, si tiene que operarse, de lo que sea, se opera en un periquete por el dinero. Ahora que lo pienso, a lo mejor a más de uno y de una le entraron catataras si se fijaron en las deportivas de Emiliano. Porque Emiliano iba escamondado, eso sí, con una camisa blanca y replanchada que daba gusto verla, y unos vaqueros granates un poquillo desgastados pero estilosos, y unas deportivas de color fucsia fosforito que tiraban bocados. Emiliano saludó al decorador, que se puso un poco tenso. Luego, se presentó a la cacatúa medio indígena que dijo, con un acento como el de Shakira: «¡Emiliano! ¡El famoso Emiliano!». El decorador se escabulló y se puso a hacerse fotos con todo el que pasaba por allí, ya te digo que es conocidísimo. Pero entonces yo me di cuenta, Divina, de que Emiliano es más que conocidísimo. Emiliano es un mito. Te lo juro. Un mito. Tanto que la cacatúa medio indígena le preguntó, a mí me parece que por preguntar: «¿Y qué tal? ¿Qué haces?». Y Emiliano, guasón, le contestó: «Yo hago de todo». Sí, bonita, como un robot cocinero, pensé yo. Y a la cacatúa le entró una risa nerviosa que seguro que todavía le dura. Yo, como enseguida me percaté de por dónde iba a ir aquello, pedí disculpas, dije que me retiraba y me retiré. Como no tenía entrada y no podía salir por la salida normal, porque allí también piden las entradas para controlar, tuve que irme por la parte de las dunas, pero como esta vez no había nadie para ayudarme, entre el sofoco, el sudor, mis cremas y la arena por la que tuve que arrastrarme llegué a mi lof hecha una croqueta. A la hija de puta de la cacatúa, coño, qué bien le dejaría Emiliano el cuerpo.

Pero yo no soy celosa, Divina. Te lo juro. Yo despellejaría viva a la cacatúa, si se encartara, pero no soy celosa. No me lo puedo permitir, como no me puedo permitir operarme las cataratas por el dinero. Ay, hija, no sé por qué te cuento todo esto. Uy, sí, claro que sé por qué te lo cuento. Por lo que le dijo la Canelita a Emiliano. Y porque creo que voy a hacerme de Podemos, ya ves tú, a ver si Podemos me opera pronto, y gratis, las cataratas. Y porque te noto rara, cariño, te noto tristona, angustiada, como si te hubieras puesto un tapón para no decir lo que te gustaría decir. ¿Quieres que la Canelita te cambie la canción? ¿Es eso?

¡Canela!

—¿Y ahora qué quieres, que estás más pesada que un chicharrón en tomate?

—Yo nada. La Divina quiere que le cambies su canción del espectáculo.

—Divina, cariño, ahora no tiene una el alcaucil para filigranas. Estamos a lo que estamos.

Qué malaje. Divina, no te preocupes, ya se les pasará el apretón revolucionario que les ha entrado. ¿Qué te pasa a ti, mi vida? ¿Que no quieres que la Canelita te cambie la canción? ¿Ahora es eso? ¿Te encuentras mal? Hija, qué metida para adentro eres.

Lo que te quería contar era lo que la Canelita habló con Emiliano. La Canelita se empeñó en quedar en La Fragata, ese sitio que está frente al palacio municipal y en el que por un boquerón te cobran el gusto y las ganas.

Vale, perdona, ya sé que a ti te da ardentía lo de «palacio municipal». Antiguo palacio de Orleans, ¿te gusta más así?

—Nada de antiguo.

Está bien, mujer, nada de antiguo. Palacio de Orleans de toda la vida, qué tiquismiquis eres para las cosas de la nobleza, corazón. Pero ¿qué te pasa? Bueno, pues enfrente está La Fragata. La Canelita dijo que quería dar buena impresión, no sé cómo se figuraría ella que es Emiliano. Claro que a lo mejor quiso dar imagen de millonetis para engatusar mejor a mi hombre. Hija, sí, no me mires así, vale, a mi hombre y al de unas cuantas más. Como dice la Canelita, yo soy la más moderna, y eso que me he pasado la vida poniendo ladrillos uno encima de otro y, dicho sea de camino, cotizando entre poco y nada, porque antes no te daban de alta ni in artículo mortis. En eso, mira, antes era como ahora con la crisis. Pero yo soy la más moderna, tengo un novio en multipropiedad, eso dice la Canelita. Dice que es como comprar un apartamento a setenta kilómetros de la playa y comprarlo con una patulea de criaturas que también son propietarios. Anda, mejor no lo pienso.

Ahora que lo pienso, Divina, empiezo a olerme que la Canelita ha entrado también en la comunidad de propietarios. Sólo tendrías que haber visto cómo se quedó ella de transida en cuanto vio entrar por la puerta de La Fragata a esa dominación. Eso me lo dijo un día un cliente de Emiliano, delante del propio Emiliano: «Mira», me dijo, «hay serafines, querubines, tronos, dominaciones... A este muchacho lo que le pega es ser dominación». Dominada completamente salió la Canelita de la charla con Emiliano, te lo digo yo. La Canelita se presentó vestida de machito, claro. Yo también, dentro de lo que cabe, que no cabe mucho, ya lo sé. Primero la Canelita se explayó una barbaridad en explicarle a Emiliano que ella es maestra titulada, compositora de música, muchilingüe, coordinadora musical del Garbo, y uno de los que nacieron siendo ya de Podemos. Mentira, esa ha sido del PSOE de toda la vida, lo que pasa es que, a este ritmo, del PSOE ya no va a quedar nadie. Y que ella estaba dispuesta a liderar un proyecto que consistía en armar la marimorena en una fiesta de mucho poderío que se iba a celebrar en La Algaida. Tuvo que explicarle también en qué iba a consistir la fiesta, y que íbamos a necesitar ayuda. «También ella va a necesitarla», le dijo la Canelita, señalándome, porque yo también estaba implicada, o imputada, algo así dijo. Y que ahí, en la ayuda, entraban los Titanes. Porque seguro, seguro, seguro que a los Titanes los contrataban para la seguridad del evento, que a ella se lo había dicho uno que es amigo de otro que es uno de los hombres de confianza del Agonías y le estaba ayudando a hacer el presupuesto del servicio. Ahí, nada más escuchar la palabra Agonías, espabiló Emiliano y se puso a rajar contra el jefe, que si es un explotador y un atravesado, que obliga a trabajar muchas horas y paga menos que las Hermanitas de los Pobres, y que lo poco que paga lo paga bajo cuerda, pero pasa a los clientes presupuestos como si fuera a encargarse de vigilar el Vaticano. Así que la Canelita le dijo que por eso precisamente quería contar con él y con sus coleguitas, que ahí estaba la clave, en la explotación que estaban sufriendo, que ya hablarían más despacio, que lo único que les pedía era que hicieran la vista gorda cuando empezase el triquitraque, y que podrían después echar una manita para neutralizar como si tal cosa a los cuatro tarambanas que siempre saltan como si fueran supermanes y quieren dárselas de machitos delante de sus señoras y, sobre todo, delante de las señoras de los demás. Que todos nos lo íbamos a pasar de escándalo y que estábamos respaldados por el mismísimo alcalde. Eso dijo, con todo el morro. Pero que todo aquello era superconfidencial, que el Agonías no tenía que enterarse de nada, por supuesto, pero que él lo comentase con aquellos coleguitas con los que tuviera más confianza y, repitió, que ya seguirían hablando. A mí no me cabe la menor duda de que la Canelita y Emiliano han seguido hablando, entre faena y faena, eso sí, porque entre esos dos ha habido faena, te lo digo yo.

Emiliano se envalentonó, Divina. Yo vi cómo se envalentonaba. Quiero decir que lo noté. Hasta dijo que le importaba un nabo que la empresa Los Titanes se fuese al guano, que ya estaba bien de explotación. Que si le metían un puro al Agonías, y se lo metían por el portillón cochambroso que tiene que tener, y no volvían a contratarle nunca más para la seguridad de eventos, porque Emiliano dice mucho la palabra eventos, eso sería justicia del cielo. Y que él también estaba pensando en hacerse de Podemos. «Y ella», dijo, y me señaló. Debí de poner cara de susto cuando él dijo eso, pero me convenció explicándome que, cuando mandase Podemos, me iban a operar las cataratas prontísimo y me iban a dejar la vista de dulce, como si me operase por el dinero, pero gratis. Así que me lo estoy pensando, Divina. ¿Tú no? Vale, ya sé, a ti no te pega nada. Pero te deberías actualizar un poco, mujer. Mira, ¿por qué no te haces de Ciudadanos? Seguirás siendo de derechas, y muy de derechas, por eso no te preocupes, pero parecerás moderna.

¿Y me vas a decir de una vez qué te pasa? ¿Que no quieres saber nada de ese desarreglo que están preparando esas dos? ¿Que no va contigo? ¿Que no va con lo divina que eres? ¿Es eso? Pues tú no digas nada, corazón, tú quédate relajada como una sorda en un tablao, tú ese día dices que tienes jaqueca y te quedas en tu casita tan ricamente.

Ya me gustaría a mí quedarme relajadita en una casita tan mona como la tuya. Pero otro día, fíjate, no ese. Ahora está empezando a parecerme que el desarreglo que están preparando la Furiosa y la Canelita, aunque lo estén preparando sin ponerse muy de acuerdo, va a ser un jolgorio de muchísimo desparrame y nos lo vamos a pasar como campanarios en Domingo de Resurrección. Yo, como la Tigresa de Manaos, que dice que ella lo hace desinteresadamente, que no lo hace ni para que la operen de cataratas, ni para que el agarrado de su señorito la dé de alta en la Seguridad Social,

ni para tener plaza fija en una escuela, que ella lo único que quiere es divertirse. Qué arte.

Venga, mujer, anímate. Habla. Conmigo te puedes
desahogar todo lo que quieras. Porque a ti algo te pasa,
Divina.

Ábrete, mujer.

La Divina pone los pies en el asiento

Esto me cuesta, Marlon, tú sabes lo que me cuesta. Pero ya no puedo más, me hace falta desahogarme. Hablar. Abrirme.

Qué bonito es este sitio, ¿verdad? Este jardín, aunque esté salvaje y aquí se pueda colar todo el que quiera, es elegantísimo. Y ahora se pone a llover. Más bonito todavía. Qué sitio tan precioso. Parece que estamos en una de esas series inglesas tan finas y tan cuidadas que me encantan. Hasta el servicio es fino y elegante en esas series. Y qué cómodo es tu coche. Qué confortable. Cuando llueve, más todavía.

Ya lo sé, ya sé que a los dos nos pasa lo mismo, nos da apuro contar nuestras intimidades. No tengo más que verte la cara. No me mires, si así te sientes más relajado. A mí también me pasa. Yo soy muy pudoroso para mis cosas, siempre lo he sido. La discreción empieza por uno mismo. Pero a alguien se lo tengo que contar. Es muy fuerte. Muy fuerte. Baja un poquito la radio, anda. Ay, por Dios, se me ha olvidado el pañuelo. ¿Tienes un pañuelo? Un clínex, vale, claro que sí, no te disculpes.

Gracias por venir, de verdad. No digas nada. Claro que tengo que darte las gracias. Tú tienes tus obligaciones y yo tengo que respetarlas. Y no tenemos que avergonzarnos de nada. De nada. No hacemos nada malo. Lo que pasa es que somos almas gemelas. Hijo, no pongas esa cara, ni que te hubiera dicho que los dos somos diabéticos. Somos almas gemelas, aunque por fuera nos parezcamos menos que un serón y un pendentif. Así me gusta, sonríe. Yo soy el pendentif. Cómo me gusta que sonrías. Qué sonrisa de hombre tienes, Marlon. Tú sí que eres un artista. Hay que ser muy artista para ser tan hombre y hacer luego lo que haces cuando haces la Marlén.

—Yo no puedo quedarme aquí hasta que amanezca, ¿eh?

Ay, por Dios, no te enfades.

Ya sé. No te vuelvo a mentar a la Marlén. Qué bien huele tu coche. ¿Qué perfume es? ¿Es de tu señora? Que buen gusto tiene tu señora, hijo. Para los hombres y para los perfumes. Ay, por Dios, otra vez. Que patosa estoy hoy. Bueno, patoso. No te hablo más de tu señora y no hablo más en femenino. Perdóname, es que estoy agobiado, y muy torpe, y muy tenso. Y con unas ganas de ponerme a llorar que no te las imaginas.

Que me quedo sin casa, Marlon. Eso es lo que me pasa.

Por Dios, qué apuro me da. Y no es por dinero. Bueno, sí que es por dinero. Qué mano más fuerte y más varonil tienes, Marlon. No hace falta que digas nada, así está bien. Yo creo que por eso te he llamado, fíjate, para que me cojas la mano. Me quedo sin casa, como lo oyes. Por Dios. Los señores dicen que la necesitan. Es lo que hay. Qué mal rato pasamos las dos. Los dos, la señora y yo. «Fermín, por favor, venga un momento.» Yo enseguida supe que pasaba algo, uno siempre ha tenido mucha psicología. Pero eso no me lo esperaba, por Dios y por la Virgen de los Milagros que no me lo esperaba. Qué cochina es la necesidad. Yo pensé, me va a llamar la atención por cualquier paparrucha, llevaba unos días muy pejiguera, últimamente había venido notando muy nerviosa a la señora. Pero esto no me lo esperaba. Me hizo pasar al salón, pero nos quedamos las dos de pie junto al macetón que han puesto donde estaba el bargueño que han mandado a reparar. Ay, por Dios, Marlon, el bargueño no lo han mandado a reparar. Que tenía unos arañazos, eso me dijo la señora cuando le pregunté. A veces la psicología me falla, ya ves. Ahora ya lo sé todo. Una ruina. Mi mundo por los suelos, Marlon. La señora no sabía por dónde empezar y, de pronto, me lo soltó de sopetón, sin anestesia, como me dijo el señorito de la Tigresa. Me dijo: «Lo siento muchísimo, Fermín. Usted y su madre vais a tener que dejar la casa».

Así. A mí me dice que los comunistas y los de Podemos nos iban a guillotinar al cabo de media hora y no me entra lo que me entró. Te lo juro, Marlon, te juro que se me evaporó hasta la última gota de sangre que tenía en el cuerpo. Y así sigo.

Tengo heladas las manos, ¿verdad, Marlon? Así las tengo desde que la señora me dio la noticia. Qué calentitos tienes los muslos. Qué rico. Qué tristeza.

A mamá aún no se lo he dicho, no sé cómo se lo voy a decir. ¿A ti se te ocurre cómo se lo puedo decir a mamá? Ya sé, hijo, ya sé, a nadie se le ocurre cómo darle esa noticia a una madre. Noventa años cumplirá el día de Reyes del año que viene, si esta noticia no me la mata del disgusto. Pero ¿cómo se lo digo, por Dios? Que los señores necesitan nuestra casita de toda la vida para alquilarla. Eso es, Marlon. Eso fue lo que me dijo la señora. Y, luego, se echó a llorar. Yo también me eché a llorar. En esa casita nací yo, en esa casita murió papá. De esa casita tenemos que salir antes de fin de mes. Por Dios. Por Dios. Perdóname, Marlon. No quiero volver a llorar. No quiero que tú también pases un mal rato por mi culpa.

—Que no tengo tanto tiempo, Fermín...

Pero es que nos ponen en la calle, Marlon. Eso lleva tiempo asimilarlo.

Los señores nos ponen en la calle, Marlon. Ahora la señora dice que la culpa es de los bancos. El señor no dice nada. Mejor que no diga nada, porque la verdad es que la culpa es suya. Yo ya me lo figuraba, pero el señorito de la Tigresa me lo confirmó. De la mala cabeza de ese hombre y del poquísimo sentido que ha tenido siempre para gastarse el dinero y para pedir créditos, tapando de mala manera unos con otros, y poniendo como garantía todo lo que tienen, todo lo que tenían, que ya no les queda nada, de eso es la culpa. Ya no es suya ni la casa, hipotecadísima la tienen, por lo visto. Están en las últimas, eso me dijo le señora, y se me desmayó. Y yo allí, arrodillada a su vera como una gueisa, abanicándola, dándole masajitos en la nuca, rogando al Santísimo Sacramento que la volviera en sí, cuando tendría que haberla dejado que se quedara ausente y petrificada per sécula seculórum, que Dios me perdone. En la calle nos dejan ahora a mamá y a mí, ¿y dónde vamos las dos a meternos? Me han dicho que los Ríos necesitan un jardinero y, de paso, alguien con idea de fontanería, y que les han hablado de un servidor. Pero yo no quiero trabajar más, Marlon, y menos en otra casa, ya me tengo ganado el descanso, seguía con mis señores por no hacerles un desavío, últimamente a cambio de nada, sólo a cambio de la casita, y porque el jardín de esa casa era ya como si fuera mío, como si fuese de mi familia desde los tiempos de los Reyes Católicos. Y ahora nos echan.

Ya es tarde, ya lo sé. Ahora lo siento muchísimo, nunca te he llevado a casa, Marlon. Por respeto. Por respeto a mi madre, por respeto a mis señores, y por respeto a tu señora. Y perdona que vuelva a mentar a tu señora, pero es que es así. Y por no dar tres cuartos al pregonero. Y, sobre todo, por respeto a mí misma. Distinta cosa es estar los dos aquí, de vez en cuando, en tu coche, en un sitio discreto y precioso como este, haciendo cosas bonitas, haciendo manitas como dos almas gemelas, y no vuelvas a poner esa cara, por Dios. Ay, Marlon, perdona. Perdóname, corazón. Son los nervios. Vamos a quedarnos un ratito más. Por favor. Esta mano ya se me está caldeando entre esos muslos que tienes. Y le tengo que contar todo a alguien, ¿y a quién mejor que a ti? No se lo voy a contar a la Pan-

109

dereta, que desde que entra por la puerta del Garbo no hace más que decirme la mala cara que tengo y que confíe en ella, y que me abra, con lo largona que es la Pandereta, por Dios.

No sabes lo que te agradezco que hayas venido. Ya sé, ya sé que tienes prisa. A mí tampoco me pueden dar aquí las tantas, y mira que me gustaría. Sobre todo, hoy. Pero he dejado sola a mamá para echar este rato contigo, lo necesitaba. Lo necesito. Ahora, fíjate, me gustaría tanto que hubieras estado, aunque sólo fuera una vez, en la casita... Era un regalo. Yo sé que era un regalo, pero me lo he ganado. Mamá y papá se lo ganaron. Los tres, al servicio exclusivo y cabal de los señores, y de los padres de la señora, durante toda la vida. Mamá siempre me contaba que la casita estaba que daba penita verla cuando los padres de la señora se la ofrecieron a papá y a mamá, a cambio de hacer de guardeses y trabajar el jardín prácticamente a cambio de nada y la comida, que entonces en esa casa se hacía comida para los señores y comida para el servicio. Papá la arregló, abrió una puerta que daba directamente al callejón de atrás de la casa, para no molestar a los señores, tapió la puerta y las dos ventanas que daban al jardín, para guardar la intimidad de los señores y también la nuestra, y mamá, luego, se gastó las cuatro perras que podía gastarse, y toda la habilidad y todo el cariño del mundo, y dejó la casa hecha un sueño. Ahora nos echan, Marlon. Por Dios.

Y mira que a mí, primero, me entró una pena de morirme, y después me entró mucho coraje. Pero mucho coraje. Porque tú tampoco has entrado en la casa grande, Marlon, en la casa de los señores. ¿Te estás aburriendo? Con lo que te gusta el fútbol, y te estás aburriendo. ¿Quieres que te toque un poco? Anda, corazón, deja que te toque un poco. Ya estás como un roble, Marlon, hay que ver lo hombre que eres. Si la gente supiera... Si esas papagayos del Garbo supieran... Morirían de envidia. Sobre todo la Pandereta, que es la más envidiosa. Eso me lo enseñaron mis padres, Marlon: la discreción es lo primero. Anda, relájate. Así, ponte cómodo, corazón, ya sabes que por aquí no viene casi nadie. Alguna parejita de vez en cuando. Como nosotros. Tú no has entrado nunca en la casa grande, pero yo lo primero que me dije, encorajinada, fue: ¿y por qué no venden todos estos cuadros que hay por toda la casa, que tienen que valer una fortuna? ¿Y por qué no vende la señora sus alhajas? Ella muchas veces me las enseñaba y era para marearse de lo bonitas, y lo importantes, y los deslumbrantes que eran todas. La señora más de una vez me dijo que por nada del mundo se iba a desprender de aquellos cuadros y aquellas joyas, que no quería que sus muertos se levantaran de sus tumbas y la arrastraran por los pelos por toda la casa. Yo lo comprendía, tonta de mí. Tonto, digo. Pero aquello era un estado de estricta necesidad, ¿no? Yo no podía permitir que a mamá y a mí, y a papá que en gloria esté, nos echaran de nuestra casita para ganar cuatro perras alquilándola por temporadas, o por meses, o por semanas, o incluso por días. Se la han dado ya a una agencia para que la muevan. Por lo visto, está de moda eso de alquilar incluso las mejores casas, enteras o hasta por habitaciones. Y la casita, ya te digo, es un primor y una hermosura. Seguro que va a estar solicitadísima. Pero yo tenía que hacer algo. Las joyas no podía fotografiarlas con mi móvil, porque la señora las guardaba en la caja fuerte de su dormitorio, para que el marido no se las puliese, eso pensaba yo, qué tonta, pero los cuadros sí que podía retratarlos. Después hablé con la Tigresa, para que me llevase a hablar con su señorito, pero le obligué a prometerme, por todos sus difuntos, la más absoluta discreción. La discreción es lo fundamental, Marlon, ya me lo decía papá.

Vale. Paro un poquito. Dejo un ratito de tocarte. No quiero que se te salga el gusto demasiado pronto, corazón. Qué miura estás hecho, Marlon. Qué miura.

¿Tú qué piensas del alboroto que están tramando la Furiosa y la Canelita, niño? Sí, hijo, hablar de eso enfría la sopa del puchero, ya lo sé. Cuando te apetezca vuelvo a la faena, corazón. Pero, lo que te iba diciendo, yo estaba en contra, del todo. En contra del ataque que están maquinando para arruinar esa fiesta que a mí se me antojaba lo más en elegancia, en tradición y en imagen internacional de La Algaida, que no todo va a ser paro y tráfico de jachís, por Dios. Una patochada de muy mal gusto, eso me parecía a mí el ataque que se le ha metido a la Furiosa en la corralera. Pero ahora no sé. Ahora lo estoy dudando. Ahora estoy muy quemada. Muy quemado. Ahora pienso en los cuadros de la casa grande y en las joyas de la señora, y en lo que ahora te voy a contar, y me entra una tirria y una sublevación que no sé lo que haría si me dejase llevar. No me dejo llevar porque la clase se mama, no se hereda, y yo la mamé, por más que mi padre fuera el jardinero de los Alcalá desde los dieciocho años, desde que era un inmaduro, como los chanquetes, pescado el pobrecito mío para el trabajo duro y la explotación antes de tiempo. Por Dios, parezco la Furiosa. Por eso no me dejo llevar, porque todavía tengo clase. Como tú.

Pero lo que el señorito de la Tigresa me contó me ha puesto patas arriba mi clase natural y mi distinción genética, como dice la Canelita, patas arriba las tengo ya, eso también te lo digo.

Marlon, hijo, ¿ya estás otra vez en punto muerto y preparado para llegar a la velocidad de crucero en cuanto yo me entregue de nuevo a darte gusto? Tranquilo, corazón, poquito a poco, que yo tengo manos de bordadora de mantos de la Macarena. Y, de camino, te cuento.

Qué casa, Marlon. Qué buen gusto. Cogí el autobús de Los Amarillos y allí me planté, tan campante. La Tigresa se chuflea de tantas maravillas amontonadas que tiene su señorito en todos los rincones de esa casa, pero todos los anticuarios son igual, tienen sus propias casas que, a primera vista, parecen trasteros, pero lo bueno se distingue enseguida con un poquito de buen ojo, que yo lo tengo para lo que es de categoría. Y ahí todo es de categoría, si lo sabré yo. Y el señorito Francisco, el señorito de la Tigresa, es muy simpático, y un bendito de Dios, hay que serlo para no convertirse cada dos por tres en un cazador sanguinario de esa tigresa de la selva brasileña y coserla a tiros con cartuchos bien cargados de balines, que hay que ver cómo es ella. La Tigresa llama a su señorito mi señorito Paco, pero yo le llamé desde el primer momento, y le seguiré llamando siempre, señorito Francisco, porque lo primero, después de la discreción, es el respeto, por muy cascabelero que el señorito Francisco sea. Y hay que ver cómo habla. El señorito Francisco, también, pero digo la Tigresa. Habla como el bombo de la rifa. Tan engrasada que es la chiquilla, como ella dice. Pero todo el salero del mundo no será bastante para levantarme el ánimo, después del lebrillo de agua helada que me echó en el cuerpo, metafóricamente, el señorito Francisco.

Le enseñé los cuadros, Marlon. Le enseñé las fotos que había sacado con mi móvil. Y le pregunté:

«¿Cuánto pueden valer, don Francisco?».

A él se le puso cara de misericordia. Pero no se anduvo con rodeos.

«Nada», dijo.

Que los cuadros no valían nada, eso dijo, Marlon. Yo pensé: este bandido miente para sacar tajada, todos los anticuarios son iguales. Pero me aclaró, sin descomponerse, sin mudar la carita de hermana de la Caridad, que él mismo en persona se había encargado de venderlos todos, pero todos, incluso los retratos de militares en uniforme de gala y sembrado de medallas y de señoras muy emperifolladas y feas como un dolor, todo lo había vendido, y que los que ahora están colgados en la casa grande son fotocopias, o algo así.

«Ahora, con las técnicas modernas, se consiguen maravillas», eso dijo. Yo me quería morir. «Es que el marido de la buena de Carlota es un litri, un manirroto y un balarrasa, lo ha sido toda la vida, y así les va», me dijo el señorito Francisco. «Yo me voy a morir», le dije yo.

Él me dijo que los Alcalá han sido toda la vida una familia de mucho almidón y mucha laca, pero ahora es una familia totalmente desestructurada, con esa hija casada ya por tercera vez y cada vez peor, con ese hijo adicto a los niños pijos y aprovechados y a la compraventa de quincalla como si fueran piezas del tesoro de Tutankamón, con esa Carlota que ya tiene medio perdida la cabeza por tanto disgusto. Y yo escuchaba al señorito Francisco como si se estuviera llevando a tirones todas las esculturas y todos los apliques del panteón familiar de la señora.

«Los marcos sí son auténticos, los marcos siempre es mejor no venderlos, para dar el pego.» Eso me dijo. Yo estaba como bebida. Yo no sé para qué quiere la gente comprar retratos al óleo de unos señores y unas señoras que ni les van ni les vienen, la verdad. Es como ponerse la dentadura postiza de un muerto, eso me parece a mí.

«Para presumir de antepasados vistosos», me dijo el señorito Francisco.

Falsos, pero vistosos. Como todos los cuadros que hay ahora en la casa grande. Falsos, pero vistosos. Y el bargueño, también vendido, claro, una preciosidad. Con arañazos y todo, si es que tenía arañazos, una preciosidad. ¿Y las joyas? Se lo pregunté con un hilito de voz. De las joyas no llevaba fotos, pero las había visto montones de veces, estaban en la caja fuerte del dormitorio de la señora.

«Esas joyas tampoco valen nada, Fermín», me soltó el señorito de la Tigresa.

Yo pensé que no se acordaba de mi nombre, pero se acordaba. Debió de verme tal carita de coquina en temporada de veda, que me dijo:

«Bueno, algo valen. Poco, pero algo valen».

Me explicó que esas alhajas se llaman, se llamaban, alhajas de viaje. Es un nombre hasta bonito, ¿verdad? Las señoras, antiguamente, para irse tranquilas de viaje y no llevar encima lo fetén de verdad, mandaban hacer copias exactas de sus alhajas buenas y esas, las copias, eran las que se llevaban de un lado para otro. Por lo que me contó el señorito Francisco, él también vendió todas las alhajas buenas de la señora. ¿Hasta el collar de coral, esa preciosidad que se pone de vez en cuando para andar por casa, como si quisiera hacerse todavía ilusiones de señora con joyas buenas?

«Coral blanco teñido y sin enfilar, bisutería.» Eso me explicó el señorito Francisco.

Así que ya no queda nada, Marlon. Ya no vamos a quedar ni mamá ni yo. Nos echan.

Perdona, hijo. Es que lo que cuento es tan triste que se me va el ritmo.

Ten hoy un poco de paciencia conmigo, corazón. Lo nuestro es bonito. ¿O no es bonito? Mira si es bonito este paisaje tan apartado. Qué verde todo. Aquí llegas, te cuelas sin que nadie te diga nada, aparcas discretamente, y podemos echar un rato precioso, sin movernos del coche, como dos almas gemelas. Esto no es el calistral al que Emiliano lleva a la Pandereta. Qué bonita está la hierba en esta época del año, parece césped. Qué bonito. Y eso que ha dejado de llover. ¿Cuánto tiempo dura lo nuestro, Marlon? Ya casi dos años. Desde que llegaste al Garbo y entraste por esa puerta con todo tu aplomo y toda tu virilidad, y nos miramos. Y nadie lo sabe. «¿Qué sabe nadieeeee?» Nadie se ha dado cuenta. Somos discretos. Y lo pasamos bien. Sobre todo tú, bandido. Anda, deja que me concentre. Hoy estás también tú un poco encasquillado, no me digas que no. No gruñas, anda. Es que me cuesta concentrarme. Por Dios, qué apuro me da. Hoy no tengo yo la mano para sonajeros, Marlon, perdóname. No, por favor, vamos a quedarnos un poquito más. Tu señora no se va a morir por eso. Mi madre, a lo mejor sí, pobrecita, pero, mira, puede que así se ahorre el disgusto. Durante el día ella está bien, está divinamente, yo sólo tengo que echarle un ojo de vez en cuando. Y por la noche le doy un orfidal, con receta médica, y se queda frita. Por eso me voy luego bastante tranquila al Garbo, a pintarme con tiempo, con todo el tiempo que necesite, sin socializar, como dice la Canelita, ¿qué falta me hace a mí socializar?, y a hacer mi número artístico, *La saeta,* por la Caballé, la bordo. La Pandereta dice que la

117

debería cambiar, que no pega mucho. A ella lo que le pega es tener las asaduras metidas en vinagre. Con lo mosquita muerta que parece. Mucha envidia es lo que tiene. Tú y yo, Marlon, ponemos la clase y la distinción en el espectáculo, y el público lo aprecia, vaya si lo aprecia, y lo agradece, vaya si lo agradece. Lo malo para mi madre es esta hora, entre dos luces, sin orfidal y sin que yo pueda echarle un ojo. Pero un día es un día. Anda, relájate.

Anda, tú sigue escuchando tu carrusel deportivo o como se llame, pero baja un poquito el sonido, que no me concentro.

El señorito Francisco está entusiasmadito con la locura que se le ha ocurrido a la Furiosa, y en la que cuenta con la inestimable ayuda de la Canelita, todo sea dicho, por mucho que discutan. Él dice que va a ser nuestro caballo de Troya. ¿Tú sabes lo que es eso? Yo pensaba que Troya era un bar de ambiente, fíjate. De Barcelona. Una vez estuve en Barcelona y fui a un bar de ambiente, y bailé con un marine, estoy segura de que era un marine, qué baile, Marlon, inolvidable, no se me olvidará en la vida ese baile, y el bar se llamaba Troya. Casi seguro.

Vale, si quieres me callo. Pero hablar de cosas bonitas, no de cosas tristes, me inspira. Qué tiempos.

Así, quédate así, con los ojitos cerrados. Qué perfil tienes, Marlon. A mí me recuerdas al Gary Grant, al que llamaban «el perfil». ¿O no era el Gary Grant? Qué más da. Un artista. Tienes perfil de artista de cine. Hijo, es que si me callo me entran escrúpulos.

Ay, por Dios, no te enfades. Tranquilo, mi vida. Yo no digo que me entren escrúpulos por lo que te estoy haciendo, mi amor, claro que no. Me encanta. De verdad. Mira, te lo digo bajito: me encanta. Te lo digo, así, bajito. Es que si no hablo se me revuelve la memoria y me acuerdo de que nos ponen en la calle, por Dios. Y me entran escrúpulos. Qué tragedia en mi vida. ¿Dónde nos vamos a meter? Mamá y yo, ¿dónde nos vamos a meter?

Así, tú así, hombretón, que eres un hombretón, tan bien plantado y tan bien servido de todo. Qué bien servido te parió tu santa madre, niño. Tú no me eches mucha cuenta. Deja, anda, tranquilo, yo te abro la portañuela. Yo hablo porque, si no hablo, me da en la mano como una artritis y pierdo el ritmo. Pero tú, como si oyeras llover. Escucha, ha vuelto a llover. Qué barbaridad, Marlon, qué barbaridad. ¿Tengo la manita fría? Escucha cómo llueve. ¿No lo oyes? Qué confortable es tu coche, Marlon. Aunque, mira, no me habría sobrado un yersi. A mí no me importaría vivir contigo en tu coche, calentita, haciéndote todo el tiempo cosas bonitas. Pero ¿qué hago yo con mamá en un coche, por Dios? ¿La tijera?

Ay, qué daño. Perdona, niño, es que me he hecho daño con la cremallera. Las portañuelas con botones, como las de toda la vida, son mejores y más seguras y dan más morbo.

Cómo te vibra, Marlon. Qué hermosura de mandado. Te lo digo bajito, pero qué hermosura. Es que no sólo es grande, es que es bonito. Esto sí que es de

119

color caramelo, y no el caniche de la avutarda de la señora. ¡Charly! La sabandija esa con rizos se llama Charly. Más impertinente que una zambomba el Sábado Santo. Un caniche color caramelo, eso dice ella. O sea, color rata. Seguro que se lo lleva al baile ese de las tiaras, o como se llame. Seguro que se lleva el caniche y se pone el collar de coral, esa bisutería, y un montón de esas alhajas falsas. Qué ganas me están entrando de ir a ese baile. De ir a ese baile en plan atracadora. Qué ganas. Qué ganas de arrancarle a la avutarda el jopo, el caniche, el coral, la sangüichera de plástico del malo que tiene que tener entre las piernas esa mujer. Qué ganas me están entrando de hacerme yo también de Podemos y atacar.

Ay, no, Marlon, por Dios, eso no. De verdad, eso no. Eso me da fatiga.

Ay, mi vida, perdona. Ha sido sin querer. Te he hecho daño, ¿verdad? Perdona, perdona, perdona. ¡Es que no sé dónde meter los dientes!

¿Y ahora qué haces? ¿Ahora qué quieres? ¿Cómo me voy a dar la vuelta? Aquí cuesta mucho trabajo darse la vuelta, Marlon. Espera, espera, mi vida. Cuidado, por Dios, me voy a romper la columna. Deja, yo lo intento. Si es lo que quieres, yo lo intento. Me bajo los pantalones, cariño, me los bajo si es lo que quieres. Deja que ponga los pies en el asiento. Me doy la vuelta, si quieres que me dé la vuelta. Qué contorsiones, mi vida. ¿Qué es lo que quieres, mi vida, qué es lo que quieres?

—¡Ábrete, coño!

La Marlon-Marlén libra una batalla interior

Se abrió. Vaya que si se abrió. La Divina se abrió
por la mitad, como una sandía. Por eso está que no
parece la misma. Falta de boniato que estaba la señorita. Y no es que me lo dijera, se lo leí en los labios.
Bueno, se lo leí primero en el pensamiento, y luego
en las manos, en lo que hacía con esas manos, primero con una y después con la otra. Menudas manos.
De jardinero, sí, pero con un tonel de cremas, seguro,
qué finura en las manos tiene la señorita peripuesta
de la jardinería. Luego se lo leí en los labios, a lo mejor ella ni se daba cuenta de cómo movía los labios,
como si estuviera tatareando bajito su pensamiento en
pleibac, o como se diga en inglés, que yo inglés no sé,
pero me dije, *ma chérie*, de tus labios a los oídos del
Señor, como decía Garzón, aquel legía que era de
Tánger. O lo que es lo mismo: los deseos de una dama
son órdenes para un caballero legionario. Sobre todo
si se trata de meterle el boniato.
   Deja que me mire ahora del otro perfil. Así.
   No hables, Furiosa, no hables. Te dolerá horrores.
Hay que ver cómo tienes ese flemón. Ayúdame, anda,
a ponerme la media peluca a lo *garçon*. Qué engorro

121

esto de sujetar la mitad de la peluca. Porque el efecto es *épatant,* que si no se iba a poner la peluca así mi *grand-mère.* Tú hoy no puedes presentar el espectáculo, Furiosa, con ese flemón que no te deja decir ni *oui.* Presentará la Canelita, claro. Ella tiene desparpajo para organizar un ejército de beduinos, es verdad. Ya sé el entripado que te entra al pensar que la Canelita va a presentar el espectáculo en tu lugar, pero es sólo un imprevisto, Furiosa, es sólo por fuerza mayor, tú eres insustituible. Claro que, si tú lo mandas, puedo presentarlo yo. No te arrepentirías. Quedaría espectacular.

Ya veo. Tú, muda. Y no sólo por el flemón.

A ver cómo queda del perfil contrario.

Hace fresquito hoy en el camerino, ¿verdad? Hay corriente. Qué manía con la ventilación tenéis en el Garbo, con lo interesante que es una *cave* con el aire cargado, como en la *rive gauche.*

Merde. Por este perfil se ve demasiado el borde de la peluca. Hay que bajarla un poco, hay que echarla un poquito a la izquierda. A ver cuándo le digo a mi señora que me cosa la mitad de la peluca a la boina tan elegante que usaban las chicas en París, en la *rive gauche,* por ahí la tengo, la boina, no la *rive gauche,* tú la has visto, aunque no sé si le pegaría mucho a la Piaf una boina así. Bueno, en todo caso, tendría que coserme la mitad de la peluca a una boina cortada también por la mitad, qué galimatías, pero no me negarás que esa boina es *très parisienne.* O a ver si mi señora me cose, por lo menos, la mitad de la peluca al gorro de legionario. Si estuviera cosida al gorro sería mucho más sencillo. Lo de ahora es una *petite* calamidad. Hay que tener mucha mano para que por un perfil no se vea la peluca y, por el otro, no se vea la boina de legionario. Es más fácil pasar en un segundo de la Piaf a caballero legionario, que ya ves cómo lo hago, perfecto, y eso que tú al principio no te fiabas, barbiana, pero ya ves con qué agilidad paso de *La vie en rose* a *El novio de la muerte*. La Divina en eso tiene razón: tengo que ser muy artista para pasar de una manera tan exacta, y con tanta pasión, de la Marlon a la Marlén.

Joder, vosotros es que, de diario, no dais el pego ni ante una patulea de invidentes, como se dice ahora. Os vi el otro día. El lunes por la tarde. Iba yo con mi señora, por eso no saludé, ella se había levantado malamente de la siesta, se levantó con la leche que mamó cortada, y no habría entendido ese saludo. Pero estuve fijándome un buen rato. Ustedes estabais en La Caleta, en una mesa pegada a la baranda, ¿a que sí?, fijo, y nosotros cogimos una mesa en el Rudy, a mi señora es que le privan los helados del Rudy, yo allí siempre pido un café doble con hielo y va que chuta, a mí los helados me parecen cosa de señoras camastronas o de mariquitas. Os estuve observando, menos mal que al que tenía de cara era al escritor y ese no me conoce, quiero decir que no me conoce de paisano. Me conoce de legionario y de la Piaf, fiftififti, como dice la Canelita, que sabe inglés, pero de paisano, no. A mí me parece que el escritor sí que se dio cuenta de que os estaba mirando. A lo mejor hasta pensó que me lo quería ligar. Pero no dais el pego, se siente. Como hombres-hombres, digo, no dais el pego. Bueno, el escritor, sí. Claro que, si te fijas, también se le nota, tiene ojos de loba. Pero, si no te fijas mucho, el escritor parece un señor normal y corriente, ni siquiera parece un escritor. ¿Es verdad que sigue teniendo lío con el alcalde? Ya veo que te encoges de hombros, Furiosa. ¿No lo sabes, o te da igual? Te da igual. Lo mismo hablasteis sólo de eso. Quiero decir, de la que estáis organizando y de contar con el alcalde por si la cosa sale regular. La Canelita, de espaldas, que era como yo la veía, parecía una de esas bolleras jovencillas y modernas que son como camperitas, pero con el tupé pintado de azul. Y tú, Furiosa, no te despintas. Tú no das el pego ni aunque te vistas de astronauta, maricón. Vamos, de hecho, yo no sabría decir si ibas vestido de hombre. Porque ibas vestido de hombre, ¿verdad? Coño, Furiosa, ten cuidado con esa horquilla, joder.

Ay, perdona, *mon coeur*, no era mi intención ofenderte. No te enfades, mujer. Quítate esa cara de comunista peligrosa. No te vayas.

Fíjate, de este otro perfil, del perfil Piaf, quedo elegante y misteriosa, ¿verdad? Más como la Greco que como la Piaf, *c'est vrai*, lo que pasa es que *La vie en rose* la cantaba la Piaf y yo a ella la siento más, me llena más, pero comprendo que mi luc, o como se diga eso en inglés, es más Juliette Gréco. Más dominante. Eso es una lucha interior que yo tengo. Por mi físico natural, me iría más cantar, no sé, *Paris canaille* por la Gréco, pero mi alma, mi espíritu, mi sensibilidad es más Piaf, más *La vie en rose*. Deja que me vea bien en el espejo. Debería adelgazar un poquito, ya lo sé, menos mal que el negro me estiliza. A lo mejor debería haberme llamado, para el espectáculo, la Marlon Piaf, pero queda brusco, lo reconozco. La Marlon-Marlén es un nombre con armonía y, a la vez, potente e intrigante. Aquel legía de Tánger y yo vimos todas las veces que pudimos, millones de veces, *Morocco*, esa película con Gary Cooper y Marlene Dietrich, una hermosura de película. Luego, algunas noches, actuábamos en Le Gabon, aquel cabaret *très, très, très chic* de Larache, con un público tan selecto, propiedad de *Monsieur Botton*, qué caballero con más estilo, qué *allure*. Algunas noches, si podíamos y teníamos la sensibilidad a flor de piel, Garzón, que así se llamaba el legía de Tánger, ¿ya te lo he dicho?, está bien, Furiosa, perdona la repetición, te decía que Garzón y yo actuábamos en Le Gabon en noches de luna llena, de verdad, *ma chérie*, yo de Piaf, él de Dietrich, y teníamos un éxito apoteósico. Mira, no sé si a nosotros se nos disparaba la sensibilidad con la luna llena, o si era al revés, si nuestra sensibilidad a flor de piel convocaba a la luna. Pero te juro que casi siempre había luna llena cuando nosotros actuábamos en Le Gabon.

Yo creo que así queda perfecta la peluca, Furiosa. No la toques más. Me queda tan bien como en Le Gabon, y eso que es sólo media peluca. Siempre, en Le Gabon, había un momento en que Garzón, encarnando a la Dietrich y cantando *Lili Marleen* con aquella voz como enterrada bajo una montaña de arena

125

que las dos tenían, besaba a alguna dama del público, que no eran muchas, la verdad, la besaba como hacía la Dietrich en *Morocco,* y el público se excitaba una barbaridad. Y nada de pleibac, o como se diga. Nunca. Ya ves, tú no te fiabas, tú no dabas un duro por mi talento y mi temperamento para cantar de verdad por la Piaf, con esta voz mía desgarrada, enigmática, intensa, pero ¿a que no te has arrepentido? Y mírame ahora en el espejo, dando este perfil. La clavo. ¿No estoy adorable? Soy la única que lo hace en el Garbo, la Marlon-Marlén es la única que canta con su propia voz. Bueno, y la Pandereta, si es que se puede llamar cantar a esas palabritas que intercala de mala manera en esa copla tan *ridicule* que ella destroza con una gesticulación tan desbaratada. Mi voz y *La vie en rose* están hechas la una para la otra. Mi voz tiene ese *couleur,* ese desgarro elegantísimo, ese *je ne sais quoi.*

Ahora, Furiosa, vamos a encajar bien mi otro perfil, el legionario. Tienes tiempo, ¿verdad? Tú te arreglas en un suspiro.

Un tiarrón. Coño, Furiosa, no negarás que soy un tiarrón. Y la Divina dice que tengo un perfil de artista de cine. Yo siempre he pensado que me doy un aire a Marlon Brando. No es que me parezca mucho a Marlon Brando, no hace falta que pongas esa cara, pero me doy un aire. Así, muy macho y un poquito borde, a mí no me molesta que me digan que soy borde. Me pone cachondo que me digan que soy borde. Fíjate, Furiosa, cuando me pego el bigote, bueno, la mitad del bigote, yo creo que soy prácticamente clavado a

Marlon Brando en aquella película en la que hacía de mexicano, *Viva Zapata* se titulaba, eso seguro. La he visto casi tantas veces como *Morocco*. Y una vez vi una película con Marlon que no se me ha ido desde entonces de la cabeza. No me acuerdo del título, era un título raro. Él hacía de militar en un cuartel que estaba en el quinto carajo y con un calor de la hostia. Vivía con su señora, la Elizabeth Taylor, ya entrada en carnes pero guapa de cagarse y caliente como una perra, pero Marlon no le hacía mucho caso. Bueno, ningún caso. Marlon estaba por los huesos de un soldado que se escapaba en pelota picada por la noche, montando un caballo precioso. El muchacho, medio exótico, estaba cañón. Marlon lo veía y se ponía más caliente que su señora, pero a su señora seguía dejándola a dos velas y subiéndose por las paredes, qué desperdicio, y en un momento de la película, mientras se acordaba del soldado, Marlon cogía un papel, hacía un canuto y lo manoseaba como si fuera una polla. Garzón, que vio conmigo la película, decía que pensaba en el nabo del soldado, pero para mí que pensaba en su propio nabo. Furiosa, tú sigue, no te cortes, me acuerdo de Marlon haciendo eso y me pongo cachondo.

Vale. Tranquila, mujer. Me reprimo.

Bueno, nosotros a lo nuestro. Lo de la gorra de legionario cosida a la media boina *parisienne* sería muy apañado, ya lo sé, Furiosa, no hace falta que digas nada. Estate calladita que si no se te va a reventar el flemón y va a ser peor. Un día que mi señora no se levante malamente de la siesta le tengo que pedir que cosa el gorro de legionario a la media peluca como es debido, eso para empezar, así lo de ponerme toda la *coiffure* sería más fácil que echar un polvo con la gachí encima. Si viviera mi suegra, eso estaría arreglado. Mi suegra, que en gloria esté, era una eminencia cosiendo. Su hija, mi señora, también lo es, sólo que mi señora casi siempre se levanta malamente de la siesta, y por la tarde es cuando ella tendría una o dos horitas para la costura si quisiera, si le saliera de la barbacoa, que nunca le sale. Eso sí, no es tan curiosa como su madre, quiero decir que no es tan detallista ni tan cuidadosa ni tan perfeccionista. La verdad es que mi suegra era cuidadosa para todo, qué gracia tenía la puñetera. Lo del velatorio de mi suegro fue mundial. Mi suegro murió de un cáncer en sus partes y, en el velatorio, mi suegra estaba muy entera, muy serena, sentada muy derecha, tiesa como un palo, en una silla cerca del muerto, pero a una distancia prudente, intachable, de luto riguroso, sólo soltaba de vez en cuando un suspiro largo y calmoso y un poquito chirriante, como si se estuviera abriendo la puerta de un garaje. De pronto, tranquilamente, se quitó las gafas, las dobló, las puso muy cuidadosamente en una mesita que tenía al lado, y después, con toda la tranquilidad del mundo, se desmayó. Como te lo cuento. Ella no se podía desmayar de cualquier manera y que se le rompieran las gafas, yo no he visto en mi vida una cosa igual. Qué arte.

A ver, retírate un poco para que me digas. ¿Queda bien el gorro de legionario? Que no se vea por debajo la peluca.

El novio de la muerte me pone siempre la carne de gallina. Mira, no sé qué me afecta más, *El novio de la muerte* o *La vie en rose*. Son como una lija y una piocha, fuertes, fuertes, fuertes, como dice la Canelita, pero nada que ver, son distintísimas. Y cambiar de un tono a otro tiene mucho mérito, muchísimo, cantidad de mérito, qué te voy a decir yo, que te quedaste muerta cuando te canté las dos cosas a pelo, sin calentar ni nada, cambiando de una a otra, alternando de cine lo de «soy un hombre a quien la suerte hirió con zarpa de fiera, soy un novio de la muerte que va a unirse en lazo fuerte a tan leal compañera», que eso no se puede cantar bien si no eres muy macho, y «*des yeux qui font baiser les miens, un rire qui se perd sur sa bouche, voilà le portrait sans retouche de l'homme auquel j'appartiens*», que tampoco se puede cantar si no eres también muy femenina, ¿quieres que te lo traduzca, Furiosa, para que te entren escalofríos? Ojos que hacen bajar los míos, una sonrisa que se pierde en su boca, he aquí el retrato sin retocar del hombre al que pertenezco... Esa es la traducción. Por Dios. Después de cantar eso, canto lo del novio de la muerte, «cuando al fin le recogieron, entre su pecho encontraron una carta y un retrato de una divina mujer», y ¿sabes lo que me pasa, Furiosa? No te vas a creer lo que me pasa. Lo que me pasa es que canto eso, y me tengo que aguantar las ganas de cambiar de perfil de un tirón y follarme a la Piaf.

Esa es mi lucha interior, una lucha interior tengo que no se la deseo a nadie. ¿Está bien el bigote? El medio bigote, sí, hija, hablemos con propiedad. ¿Derechito? Gracias, cariño. Anda, todavía te queda tiempo, no tengas bulla, ayúdame a vestirme.

Esto me lo cosió un costurero profesional, no te creas. Mi suegra, que en gloria esté, me lo habría cosido mucho mejor, o por lo menos más barato, porque bien cosido está, yo sé lo exigente que eres para el vestuario y está cosido que es un primor. Pero pedírselo a mi suegra me habría dado apuro, ya ves tú. Fueraparte que todavía no era mi suegra. Así que Garzón me habló de un costurero que había en Larache, uno que cosía para fuera, en el doble sentido de la expresión, que así llamaba Garzón a los maricones, «ese cose para fuera», decía, como Omar, el costurero, o el sastre, él prefería que le llamaran sastre, con una vena que le abultaba más que el oleoducto de Alaska, ¿tú no has visto fotos del oleoducto de Alaska?, una exageración de tubería. Con él no tuve que disimular, le dije para lo que era y se lo tomó como si fuera un encargo de la Jackie Kennedy. Yo ya tenía la *tenue* de la Piaf, claro, y me dio pena que la cortara por la mitad, pero, cosida a medio uniforme de legionario queda regio, ¿a que sí? Ahora tengo que encontrar el momento para decirle a mi señora que me cosa la media peluca a la gorra de legionario, al menos eso, si encuentro el momento seguro que ella me la cose sin preguntar nada, y si pregunta, le digo que es para una chirigota y sanseacabó.

Esta noche he podido venir porque mi señora está acompañando en el hospital a una tía, hermana de mi suegra, a la vieja le han puesto un paypay, como ella dice, en el corazón. Un baipás se llama eso, ¿verdad? Ella esto ni se lo imagina. Lo de mi vida secreta, digo, no lo del baipás. Mi señora ni se lo imagina, digo. Bueno, no sé. Lo de que sigo practicando en secreto mi arte para el transformismo no tiene ni idea, casi seguro. Joder, qué sé yo. Mejor no lo pienso. Si lo pienso, me pongo de mala leche. Si cuando estoy en casa, con mi señora y mis chiquillos, se me viene a la cabeza mi arte, me acaban entrando ganas de pegarme cabezazos contra la pared, a ver si me abro una brecha en la frente y se me sale por ahí esa desbocada sensibilidad que tengo dentro. Pero cuando estoy aquí y pienso en mi señora y mis chiquillos me entran ganas de quemar el Garbo, como si así me quemara también algunas cosas que ni sé por dónde me andan entre las tripas ni por qué se me suben así, cada dos por tres, al tendedero, con todo este trapajerío.

—¿Meterle fuego?

Coño, Furiosa, no te lo tomes tan a la letra, no voy a meterle fuego al chiringuito. ¡Y no hables, que se te revienta el flemón! Ya te digo, mejor ni pensarlo. Hala, que lo piense la puta madre del señor gobernador. Seguro que mi señora ni se lo figura. Ni mis chiquillos. Si me vieran aquí, a lo mejor me desmayaba yo antes que ellos. Mi señora a lo mejor se huele algo. No sé. Alguna vez, hace tiempo, le conté cosas de las juergas que nos corríamos Garzón y yo en Le Gabon, y al principio le hacían gracia. Una día, por las buenas, noté que ya no le hacían tanta gracia Mi señora igual se presenta una noche de incógnito en el Garbo y la tenemos. No, Furiosa, no te agobies, digo que la tenemos después en casa, ella es muy educada y muy señora y no arma una escandalera en un sitio público, eso ni hablar, por esa parte puedes estar tranquila. No creo que se huela nada, pero, por si acaso, prefiero dejar esta ropa aquí, en el Garbo, y la peluca, y la boina *parisienne*, y no darle a mi señora facilidades para que se escame, que tampoco hay ninguna necesidad.

Deja que me retire un poco para verme de cuerpo entero. El modelazo me cae que ni pintado, ¿verdad?, como si Omar me lo acabara de coser, reconócelo. Mi trabajito me cuesta mantener el fachón. El fachón como Piaf, aunque ella fuera un gorrión, y el corpachón como legionario. Ese es otro mérito grandísimo, mantener un fachón y un corpachón al mismo tiempo. Por cierto, no sé si sabes que el Agonías me llama a veces para que le eche una mano con sus Titanes. Tranquila. Me llama como ex legionario, claro, no como Piaf. La otra noche me llamó para un evento en Rota. Él no sabe nada, por ese lado puedes estar tranquila, Furiosa. Y yo no le voy a decir ni mijita. Digo del trabajo de busca y captura, quiero decir el trabajo de captación entre los Titanes que sigue haciendo Emiliano, el de la Pandereta. Más de uno está decidido. Otros no lo tienen claro. Otros dicen que pasan. Ya sé que a ti el plan de los Titanes no te gusta mucho, que es la Canelita la que se ha emperrado, ya sé que a ti te da miedo que alguno se vaya de la lengua, que alguno se chive. No creo. Chivarse está muy mal visto en un titán.

A ver, Furiosa, deja que me ponga otra vez del otro perfil.

¿Tú crees que debería soltarme un poquito de cintura el vestido de Piaf? Sé sincera. Me tira un poquito de aquí, ¿no? Me hace una arruguita antiestética. A lo mejor me tengo que quitar un poco de estómago. En un hombre, tener un poco de estómago, siempre que esté bien puesto, no está reñido con un corpachón. A mí, en un hombre, un poco de estómago alto y duro me parece sexy. Fíjate, la Canelita me dijo una vez que al alcalde le pasa lo mismo, que también le van los hombres así. Por eso yo creo que el escritor no termina de ser su tipo. Lo que es horroroso, horroroso, horroroso es tener una barriga fofa y baja, que es la que tienen muchos señores, y no digamos muchos tíos del montón, a partir de cierta edad. En mi caso, el único inconveniente de tener un estómago sexy es que me hace una arruguita antiestética en la *tenu* de la Piaf. Ahora me doy cuenta. El modelazo me sienta como si acabara de hacérmelo Omar, menos por esa arruguita. Exactamente ahí. Nadie va a darse cuenta, ¿verdad? ¿Tú me lo descoserías un poco de la sisa? Quiero decir que si le darías un poco de holgura. De sisa o de cintura, lo que sea. Ya sé que coser no es del todo tu especialidad, ya sé que lo tuyo es el maquillaje súper profesional y súper estiloso, pero algo me dice que la costura no se te da nada mal. Hija, por Dios, no hace falta que pongas esa cara de empleada del McDonald's con dos carreras y tres másters.

Mira, ya que estamos, y antes de que te vayas a prepararte tú misma, te voy a decir una cosa que espero que no te tomes a mal. ¿Cómo prefieres que te la diga, por la Piaf o por la Legión? Mujer, qué displicente. Te lo voy a decir por la Piaf, deja que me coloque bien de este perfil. La verdad es que estoy arrebatadora. *«Quand il me prend dans ses bras il me parle tout bas, je vois la vie en rose.»* Cuando me coge en sus brazos, y me habla bajito, veo la vida en rosa. Eso dice. Cuando lo canto, fíjate, me entran unas ganas locas de volverme al legionario, que también soy yo, y taparle la boca a besos y dejarle que me acaricie, que me lama de arriba abajo, que me estreche entre sus brazos, que me haga sentirme gorrión y mujer-mujer y que me tome, que me penetre *doucement,* que es lo que le haría a ella aquel boxeador famosísimo que tuvo de amante y que se mató en un accidente de avión y dejó a la pobre Piaf *désolée.*

Pero a lo que iba. Yo creo, Furiosa, y te lo digo de corazón, que la Canelita, con todo lo cabraloca que parece, organiza muy bien, a ella se le da requetebién organizar. Y además inspira energía, coraje, ilusión.

Un momento, hija, déjame terminar.

Ya ves cómo está la Divina, que no parece la misma, con unas ganas locas y repentinas de comerse vivas a todas esas papagayas enjoyadas que van a ir al Baile de las Diademas, o como se llame. Yo no le voy a quitar el mérito al legionario que hay en mí y que le dio el boniato que la Divina pedía a gritos sordos que le dieran, pero luego habló con la Canelita, que yo lo sé, y ahí está, totalmente enganchada ya a Podemos. Y yo lo mismo, para qué voy a decir otra cosa. Con esto te quiero decir que a mí no me parecería mal que la Canelita se encargara de todo, me parecería bien que lo hiciéramos a su manera, con los Titanes, y con los camareros del cáterin, y con todos los que se quieran apuntar. Yo creo que deberías darle a la Canelita esa oportunidad.

No te vayas con ese rebote, mujer.

La Furiosa quiere y no quiere rendirse

Charete, ¿tú vas a ir por fin, o no vas a ir? No vas a ir, te lo noto en la cara. No vas a perderte nada, ya te lo puedo decir yo. Una piñata de cardos borriqueros, eso te vas a perder. María Sofía tampoco va a ir, ¿verdad? He escuchado que tiene depresión. Y a mí no me mires con esa tirria, que soy tu hermano y no tengo culpa de nada. En todo caso, échale la culpa a la Canelita, que convenció a la botarate de la Pandereta para que cambiara la letra de esa copla. Además, la Pandereta ni siquiera la señaló, no había ninguna razón para que María Sofía se diera por aludida cuando todo el público del Garbo gritó lo que gritó. ¡Bollera!, ya lo sé, eso gritó. El público lo hace siempre, es ya como una consigna. Y haz el favor de no mirar tanto a esa pajarraca disecada, que se te van a llenar los ojos de desperdicios, y vuelve a mirarme a la cara como a un hermano y no como si fuera el cobrador del frac.

Y menos mal que por fin me has abierto la puerta de tu casa. Si esta vez no me hubieras dejado entrar, de hoy en adelante como si hubiera ido ya a tu entierro. ¿Y sabes lo que te digo? Deberías arreglarte un poco.

Yo tampoco voy a ir a ese baile de mierda, Charete. Ni a reventarlo voy a ir. Hoy por hoy, conmigo que no cuenten. ¿Pues no va el otro día la Marlon-Marlén y me dice que la Canelita es una eminencia organizando, y que le dé a la pelopaja la oportunidad de liderarlo todo? Lo que tiene que hacer la Marlon-Marlén es organizarse ella misma, que tiene un desbarajuste interior que no te lo explico para que no te dé un vértigo. Esa Marlon-Marlén es más retorcida que una devota del Santo Prepucio. Lo suyo lo hace bien, no digo que no, aunque ese francés gangoso con el que canta la vida rosa, o como se diga, no se lo entiende nadie, pero es que, además de un interior que es una bolsa de bolindres, tiene un cuerpo raro. Yo no se lo digo, no vaya a ponerse a gritar ¡a mí la Legión!, pero es como si se hubiera inyectado asteroides, como dice la Divina, sólo en la mitad del cuerpo. La otra mitad la tiene mucho más lacia, una cosa rarísima. ¿Y la Divina? Pues no va ella y se presenta la otra noche en el Garbo gritando: «¡Sí se puede! ¡Sí se puede!».

¿Pero esa empalada de qué va? ¿Y todo por un boniato que le encajaron por fin en el ventisquero? Lo del boniato sí te interesa, ¿verdad, bandida? Pues no te lo voy a detallar porque es una guarrería. El caso es que yo, con mucho recochineo, le dije:

«Divina, qué juvenil te veo».

Y la cabrona de la Canelita me siguió la guasa, y le dijo:

«Verdad, cariño, aparentas mucha menos edad de la que representas».

Tal cual. Ahí la Canelita estuvo sembrada, lo reconozco. Y la Divina no entendió el chiste y se besó a sí misma la mano en el dorso, como si fuera la arzobispa de Alcalá de Henares, y sopló para mandarle el beso a la Canelita, y siguió a la suyo: «¡Sí se puede! ¡Sí se puede!».

Me pongo furioso por no llorar, Charete. Yo seré muy burro, como papá, que en gloria esté, pero voy siempre de cara y por derecho, como él, y así me gusta hacer las cosas. Acuérdate, te tienes que acordar porque me acuerdo yo y soy una pila de años más joven que tú. Papá nunca se andaba con rodeos, y así le fue, pobrecito mío, pero nadie pudo acusarle nunca de buscarle las vueltas o de marear la perdiz y oscurecer la palabrería con malas intenciones. Además, la idea fue mía. La idea de organizar un pandemónium en ese impresentable Baile de las Diademas fue mía y sólo mía. Pero a la Canelita se le ha metido la ventolera en los moños y se ha hecho su propaganda de informada y de culta y ahora están todas convencidas de que ella es la lideresa nata, no hay más que escucharlas. Que si más vale un dedal de habilidad refinada que un serón de alboroto en bruto, que se consigue más engatusando que dando mascazos, que cuanta más gente haya en el ajo y dispuesta a echar una mano, mejor... Sólo les ha faltado anunciarlo en La Algaida Información, no te digo. Es que no lo entiendo.

Es que no lo entiendo, Charete. ¿Tú entiendes que, de pronto, todas estén dispuestas a presentarse en el evento vestidas de esmoquin alquilado si es preciso, para no alarmar, para no dar el cante, para que no nos echen el alto en cuanto aparezcamos por la esquina de la calle Descalzas? ¿Pero esas almas de cántaro no se dan cuenta de que así es como de verdad van a llevar en la frente un cartel que ponga «Mariconas infiltradas»? Mira, en eso es en lo único en lo que le doy la razón a la Marlon-Marlén, en que de paisano ninguna de nosotras da el pego, así que nadie se va a creer, en cuanto nos vean, que somos invitados de protocolo. Pues nada, la Canelita empeñada en que es lo mejor. Pero no, Charete, no es lo mejor, te digo que no. No hay ningún coraje en disfrazarse de lo que uno no es. En cambio, si somos auténticas y nos encajamos en el evento con nuestro mejor vestuario y nuestras mejores pelucas y nuestras mejores joyas, aunque sean de plástico, y explicamos en la entrada que somos animación y que nos han contratado para dar espectáculo, y el señorito de la Tigresa anda por allí, atento, y lo confirma, seguro que le hacen caso y nos dejan pasar. Al señorito de la Tigresa es al único que necesitamos para que sea nuestra yegua de Troya, como dice la Pandereta. Con los Titanes y con la municipal y con el lucero del alba nos arreglamos nosotras solas. Y nada de llevarse lo que no es de una. Porque la Canelita pretende que, ya metidas en el fregado, arramblemos con todo lo que podamos, porque, dice ella, eso es de justicia, y luego se reparte todo con las criaturas más agobiadas. Esa se piensa que ella es el Robin Jud encarnado en la Leidi Gaga, su ídola: «La justicia al alcance de todos los bolsillos, compañeras». Eso es lo que ella dice, ese es su mantra.

Y yo qué sé lo que es un mantra, Charete. Me suena a bicho del Himalaya, pero no me hagas caso.

Da igual. Lo que yo te digo es que dar el pego no se le da bien a cualquiera. Fíjate en lo que me pasó con uno que quería cantar *La Micaela* en el Garbo. Ay, por Dios. Tú sabes lo que es *La Micaela*, ¿verdad? Di algo, mujer, mueve aunque sea un poquito la cabeza. ¡Y deja ya de mirar a esa grulla!, que se te va a contagiar el relleno de escayola que tiene la pajarraca debajo de las plumas. ¿No es escayola? Bueno, lo que sea. Ni idea de lo que les meten para que se conserven embalsamadas por los siglos de los siglos. Hay que ver la pinta de mala leche que tiene Mimí, Charete. ¿Grulla qué? Grulla coronada, eso. Apulgarada tiene que estar, ¿no te da cosa tenerla encima del aparador como si fuera la infanta doña Beatriz de Monpansier de cuerpo presente? Yo creo que se dan un aire. La Monpansier y Mimí son idénticas. Está bien, está bien, no pongas esa cara de abadesa en armas.

A lo que iba. El prenda se me presentó en el Garbo a media tarde, porque yo lo había citado a esa hora. Dos o tres días antes una clienta me había dicho, mientras la pintaba como a una zulú, porque yo a casi todas las pinto como ellas quieren y en eso no hay que ponerse tiquismiquis, pues me había dicho que si podía hacerle un favor a un amigo suyo que quería probar en el Garbo. Yo ya estoy escarmentada y no acepto recomendaciones, yo ya estoy hasta el guardapelo de señores muy respetables y de machitos muy revoltosos que se vuelven locos por dragcuinear, como dice la Canelita, no hay más que ver cómo se ponen los carnavales de abejorras coloreadas que son honrados padres de familia en su vida diaria. Pero una cosa es mariconear a las claras antes de Cuaresma, y otra tener un poquito de arte para hacerlo encima de un escenario. Así que yo, por lo que respecta al Garbo, no admito recomendaciones. Pero la cliente me rogó y me rogó que hiciera una excepción con esa amistad suya, una persona llena de valores y con un salero muy especial, eso me dijo, que no iba a arrepentirme, que si podía decirle que me llamara y que le hiciera una prueba sin compromiso ninguno. Me picó la curiosidad, mira. Así que la persona en cuestión, con todos sus valores y todo su salero fuera de serie, como me dijo la clienta, se presentó en el Garbo con su rebequita beig y sus pantaloncitos de pinzas también beigs, pero de los gitanos, y sus mocasines castellanos y su carita de monaguillo despintado y pasadísimo de edad y yo me dije: cómo me suena esta cara.

«Usted me dirá», le dije yo.

Y él me dijo: «Pues que me hace una ilusión bárbara actuar aquí, y compartir esta experiencia con todas ustedes que también son hijas de Nuestro Señor».

«¿Perdona?», dije yo, descolocadísima.

«Por Dios, no me interprete mal», dijo él. «Si me enloquece la idea de actuar aquí es, sobre todo, porque quiero sacar el arte que llevo dentro. Lo otro es por añadidura.»

Yo estaba ya más escamada que una lombriz en un anzuelo. Así que le pregunté: «¿Es usted testigo de Jehová o mormón o algo por el estilo?». Es que estaban a punto de estallarme de la impresión los imperdibles del corsé.

«Aquí soy artista, sólo artista», dijo él, y se marcó un desplante en plan Bambino que casi se me despeluchan de la impresión las babuchas de andar por casa, que es lo que yo me pongo hasta que no tengo más remedio que encaramarme en los tacones.

Así que le dije. «Pues adelante».

Y él dijo: «¿A capela?».

«A capela», le dije yo.

Y fue arrancarse él con esa cosa tan ordinaria que es *La Micaela*, ya sabes, Charete, «le puso el doctor la mano en la frente y dijo Micaela: ¡ay, doctor, que estoy caliente!», y fue yo caerme de la burra, como san Pablo. ¡El cura!, me dije, ¡el párroco de Santa Engracia! Qué pluma, Charete. Y él venga a manotear y a llevarse las manos a los pechos, a la cintura, a la rodilla, a las ingles, «le puso el doctor la mano en la ingle y dijo Micaela: por ahí corre la pringue». Fuerte, fuerte, fuerte, como dice la Canelita todo el rato. Pero fuerte. ¡El párroco de Santa Engracia, Charete! Yo flipaba, Charete, flipaba. Sí, hija, no me mires así, hay que modernizarse en los dichos: yo flipaba. ¡No me iba a mí a sonar esa cara! Un santo, eso dicen que es el párroco de Santa Engracia. Y una artista que da fatiguita verla, esto te lo digo yo. A mí casi no me salía la voz cuando él terminó y le dije:

«Está bien, padre, ya le avisaré».

Se emplea el cura un poquito más en regodearse en su arte y todavía estarían haciéndome a mí, día y noche, el boca a boca. Él sonrió como una beata con cosquillitas en el peinador, y se dejó caer con un gesto como de mocita pillada en un renuncio, como queriéndome decir: sí, soy padre, ¿y qué tiene eso de malo? Según la Canelita, nada, ser cura y cantar eso con esa pluma y ese manoteo desencadenado por todos sus miembros, incluidas sus partes, no tiene nada de malo, porque además, dice ella, tan instruida siempre, *La Micaela* es un villancico antigüísimo que se canta en todas las zambombás navideñas en Arcos, en los Puertos, en Jerez, y a lo mejor hasta en la Conchinchina. Y la Divina, cuando les conté a todas lo del artisteo del cura, admitió que sí, que habrá quien piense que no es lo más adecuado para que lo cante un sacerdote, pero que el cura de Santa Engracia es un cura muy cercano, muy humano, muy de andar por casa y de compartir lo bueno y lo malo con todo el mundo, y un bendito de Dios, que hasta va por ahí despiojando mendigos, por lo visto, y que a un cura que hace eso ella se lo perdona todo, hasta que cante *La Micaela* figurándose que es poco menos que la Chelito cantando *La pulga,* y que seguro que quería actuar en el Garbo para acompañar también a las más descarriadas, o sea, nosotras, y yo entonces casi le doy un guantazo, y no sólo un guantazo, también una torta, pero terminó la Divina de decir eso y enseguida volvió a lo suyo: «¡Sí se puede! ¡Sí se puede!», y ya me desconcentré. Y la Pandereta, que tiene la envidia biliosa colgando de las pestañas, dijo que al fin y al cabo, y si vamos a exigirnos refinamientos, más ordinario es lo que canta la Canelita en el escenario. Y yo no digo que no. Y eso fue lo que les dije a ellas, Charete. Porque se puede cantar la cosa más ordinaria del mundo, pero hacerlo con arte, con gracia, con picardía, con estilo. Y no era el caso, Charete, no era el caso. Y mira que el cura se puso pesado, que él no se iba de allí sin que yo le confirmara que estaba admitido en el elenco, que íbamos a tener que avisar a la grúa para moverlo del Garbo, que estaba dispuesto a quedarse a dormir en los servicios, y que no le discriminara por ser cura, que no le discriminara por tener unos valores y por vivir lo mejor que podía su pobreza, su castidad y su obediencia al Sumo Pontífice, qué matraca, Charete, hasta que ya no pude más y se lo solté. Le dije que, de actuar en el Garbo, ni por encima de mi cadáver, pero que no le discriminada por ser cura, ni por sus valores, no por vivir una pobreza y una castidad y una obediencia al Vaticano, ni por despiojar a mendigos, ni siquiera por cantar una ordinariez, no, le discriminaba porque era una sosa y una mamarracha. Por lo que me cuentan, está ofendidísimo.

¿Y yo por qué te contaba esto, Charete?

Sí, te lo contaba, y se lo contaba de paso a Mimí, porque ya puede uno vestirse de gastador o de notario o de hermano de San Juan de Dios, que si eres de los que cosen para fuera, como dice la Marlon-Marlén, te lo notan de seguido. Es muchísimo mejor ir siempre de cara. Más noble, más claro, más de verdad. Ya te digo, Charete: si no vamos de cara, que no cuenten conmigo. Yo me abstengo. Y mira que me duele. Y mira que me arden las asaduras. Y mira que me pongo como cochino en matanza. Y mira que se me ponen como bayonetas todos los pelos del vello corporal que tengo, que es que no puedo con él por mucho que me lo arranque con cera hirviendo, así se me pone todo en cuanto pienso en ese Baile de las Diademas que es como restregarle por la cara una berza completa a un muerto de hambre y no dejarle meter cuchara ni tenedor. No tengo que decirte que, al escritor, a nuestro socio capitalista de referencia, como dice la Canelita, la iniciativa le parece regular.

Ya sé, no hace falta que me mires así, ya sé que a ti te parece lo peor. La iniciativa, supongo. ¿O el escritor también?

No es que el escritor esté en contra de manera fanática, que conste. No es que vete la iniciativa. Le pone pegas. Que si llevamos las de perder, que si nos pueden cerrar el Garbo hasta que resucite Guzmán el Bueno, que no sé quién es ese Guzmán, uno de La Línea, creo, aunque a ese me parece que algunos lo llaman Guzmán la Mala, pero tú me entiendes, que nos pueden cerrar el Garbo hasta que la Niña de los Peines resucite, vamos, y que nos podemos pasar el resto de nuestras vidas haciendo servicios a la comunidad, o sea, barriendo las calles y desatascando los husillos o cambiándoles los pañales a los ancianitos del asilo, que viene a ser lo mismo o peor. Que nos pueden castigar a eso a cuenta del multazo que nos van a meter y que no vamos a poder pagar. También nos dijo, entre bromas y veras, que va a declarar ante notario que él no tiene nada que ver con el remolino furioso que estamos organizando. Bueno, que están organizando, y no tan furioso ya, no tan furioso. Ahora lo quieren transversal, con lo que aflojan o se atrancan las cosas transversales, no te digo. Yo, si se hace como la Canelita quiere que se haga, aparco fuera y me voy de copas al Garaje, a ver si me sale un pretendiente, aunque sea la Bipolar. Bueno, la Bipolar no, qué fatiga. Yo me quito de en medio. Y mira que me da lástima. Porque me da mucha lástima, Charete, y me da igual que no me comprendas. Me da mucha lástima no desbaratar ese contradiós como hay que desbaratarlo.

A ver, ¿dónde tienes la invitación? Porque tú no vas a ir, ¿verdad? Mira, si no vas a ir, dame la invitación que nos puede venir bien en un por si acaso. Vale, sí, he venido sobre todo a eso. Y a desahogarme. Al escritor también le hemos pedido la invitación, él dice que tampoco piensa ir. Claro que le invitación se la pidió la Canelita y, que yo sepa, ella aún no ha recibido nada. Ese es capaz de encajarse en el baile con todo su supuesto empaque de escritor famoso y avisar a sus amistades de lo que se les puede venir encima, para que se pongan a salvo. Mira, Charete, de pronto no me fío ni un pelo de ese Ernesto Méndez, por mucho que sea nuestro socio capitalista y se conforme con no haber visto todavía un duro del Garbo. Yo creo que se conforma porque ser socio capitalista del Garbo le da un caché canalla, yo me entiendo. Pero de él más vale que esperemos, en esta iniciativa, cuarto y mitad de poquísimo. A menos que el alcalde le meta candela, claro.

Sí, hija, ¿a qué viene esa cara de asombro?, serás la única que no sabe en La Algaida los líos de cama, o de lo que sea, que dicen que se traen todavía el alcalde y el escritor. Yo creo que de cama no son, tiene que ser otra cosa. A lo mejor algún lío de corrupción, fíjate. Al Garbo, sin ir más lejos, han ido los dos juntitos más de una vez, y haciéndose cucamonas todo el tiempo. Y en la fiesta de cumpleaños del alcalde, que fue hace nada y yo no he visto una fiesta de cumpleaños donde los invitados pegasen menos unos con otros, también estaba el escritor. Un poquito despegado lo encontré yo, fíjate. Porque también estaba un americano muy grandón y muy bien dispuesto que se estuvo encargando de todo, qué buena gente, por lo visto el alcalde lo había conocido en América, y el americano había venido expresamente al cumpleaños y parecía dispuesto a dejarlo todo y venirse a vivir a La Algaida. El alcalde nos invitó a su cumpleaños a la Canelita y a mí, y también estaba Orión la peluquera, y había un juez, una psicóloga, el gerente de una bodega, un gruísta, un novillero, un arquitecto en paro, toda la familia del alcalde, en fin, un surtido de lo más exagerado, pero la mezcla funcionaba bien, fíjate, aunque no había nadie del Ayuntamiento, sólo la secretaria del alcalde, una muchacha muy vistosa y muy graciosa. Y, ya te digo, el escritor un poco en plan reina regente.

Pues lo del alcalde también se le antojó al escritor un despropósito. Bueno, no es que se oponga radicalmente y nos haya amenazado con retirar la inversión económica medio ridícula que ha hecho en el Garbo, porque a ese la otra inversión no hay quien se la retire ni a cañonazos, pero pone todas las pegas que caben en un catálogo de pejiguerías. Cuando la Canelita, que ya lo tiene hablado, le contó lo del apoyo del alcalde, la otra tarde, mientras los tres merendábamos en la cafetería La Caleta y la Marlon-Marlén, que estaba en la heladería Rudy con su señora, no nos quitaba ojo, el escritor retorció el morro. Por favor, cualquiera diría que el alcalde es de su propiedad exclusiva. Que no hay que meterle en semejante compromiso, con todo lo que el muchacho ya tiene encima, dijo. O debajo, pensé yo, que si es verdad que el muchacho todavía tiene debajo al escritor, aunque sea de vez en cuando, bastante penitencia lleva. Que el alcalde tiene que tener cuidado con lo que apoya y con lo que no apoya. Que las señoras y los señores que van a ir a ese baile también son ciudadanos y también pagan impuestos y, sobre todo, también votan. ¿Es que nosotros no votamos, maricón? Vale, a lo mejor, como dicen los gays modernos y respetables, nosotros, nosotras, los travestis, los transformistas, las drags, somos una especie en vías de extinción, igual que las grullas como Mimí, pero, mientras no estemos extinguidas del todo, también vivimos aquí, y también pagamos impuestos, y mayor desgracia es la nuestra si no los pagamos porque no tenemos con qué, y también votamos, así que más vale que el alcalde nos apoye si no quiere quedarse con menos votos que la Edurne en Eurovisión. Porque esas otras grullas, enjoyadas hasta la remolacha, puede que le pongan cuando les conviene buena cara, pero no van a votarle nunca ni muertas.

Y ahora que lo pienso, Charete: nosotros y nosotras estaremos en vías de extinción, pero a esas papagayas humanas medio disecadas también les quedan dos telediarios. Y si nadie hace nada para que, en lugar de dos telediarios, les quede sólo uno o ninguno, aquí estamos nosotras, las artistas del Garbo, para poner nuestro granito de arena en la lucha final, como decía papá cada vez que salía, alborotado como una verbena, de una reunión con la duquesa roja.

Ay, Charete, me parto. ¿Te imaginas que esas papagayas se extinguen antes que nosotros y nosotras y las embalsaman y acabas tú con una de ellas disecada junto a Mimí, encima del aparador? No te rebotes, mujer. Podrías tener ahí a María Sofía disecada, porque a mí me parece que esa acaba yendo al baile con su marido, aunque sólo sea por intentar guardar las apariencias. ¿Adónde vas? Tranquila, hija, siéntate. Perdona, mujer, no quería herir tus sentimientos. Porque no me vas a echar de tu casa, ¿verdad? Tú no me vas a echar de tu casa. Yo no quiero darte tierra ahora mismo. Tú eres lo único que tengo y yo soy lo único que tienes. Lo siento, cariño, no quería faltarte. Anda, vuelve a sentarte y mira a Mimí todo lo que quieras, que yo sé lo muchísimo que te acompaña y que te consuela.

Es el coraje, Charete. Qué coraje me da que la Canelita se salga con la suya. Pero ¿cómo voy a quedarme mano sobre mano? ¿Cómo voy a privarme del gusto merecido de ver ese jardín y ese salón de esa casa de los Pontebianco más desbaratados que el descampado que hay junto a la depuradora después de un botellón? ¿Cómo van a ir mis niñas de esmoquin? Tenías que verlas. Tenías que ver a la Tigresa, que sólo quiere cuantas más bullas mejor, y a la Canelita, que no consigue una plaza de maestro por mucho B-1 que tenga, si es que lo tiene, y a la desahuciada de la Divina, y a la cegata de la Pandereta, y hasta la retorcida de la Marlon-Marlén, cogidas la otra noche de la mano en el Garbo, antes de la función, en corro, como las jugadoras de baloncesto, y cacareando todas a una: «¡Sí se puede! ¡Sí se puede!». Pero que se olviden. Porque la Canelita, por muchos aires de organizadora que ella se dé, no se va a salir con la suya. La Canelita eso no lo controla. Eso se le va a ir de las manos. Eso se le va a hacer papilla. Y yo no puedo rendirme así como así, Charete. Yo tengo que hacer lo que sea para que la incursión no se estropee. Que se va a estropear. Se va a estropear si la Canelita se queda en el puente de mando.

Mira, ¿sabes lo que te digo? Yo no me rindo.

Alegra esa cara, mujer. Tú tampoco tienes que rendirte. Los hijos del Atravesado nunca se rinden. Fíjate, yo tampoco sé si me gusta o no me gusta el mote de papá. Yo creo que me gusta. Está puesto con muy mal café, pero me gusta. Lucas el Atravesado. María la Atravesada la llamaron toda la vida a mamá. Y tú eres la hija del Atravesado y yo, el hijo amapola de la Atravesada. Tiene su enjundia valiosa el mote, ¿vale? Con lo mal que está el mundo, con lo perra que es la vida para los de siempre, con lo que hay que morder para salir adelante si no tienes pedigrí ni posibles, más vale ir por el mundo de atravesado que con la cabeza agachada. Así que tú no te rindas. Lo de María Sofía va a arreglarse, te lo digo yo. Pero ¿cómo va a aguantar la pobre, sin ti, a ese mojón de mierda oxidada que es el Gallardo? La verdad, lo que no se entiende es que María Sofía haya tenido con eso una patulea de hijos, con lo bonita y lo elegante y lo dulce que siempre fue ella. No se entiende. Y, por contra, lo que se entiende a las claras es que María Sofía se haya vuelto, en la última revuelta del camino, loca por ti. Y tú por ella. Y no te hagas la pastorcita de Fátima, que ya no tienes edad. María Sofía vuelve, Charete. Aunque sea a escondidas, pero vuelve. Qué más quisiera yo, a mis años, que mi Rafael volviera, aunque fuera entrando de noche por la ventana. La de veces que me acuerdo de él... El viento se lo llevó. Y después de él, nadie. Así que tú no te hagas la orgullosa estreñida, no te hagas la humillada y abandonada, no te hagas la novia plantada al pie del altar, que no se trata de eso, y hazte, si hace falta, la Juana la Loca y vete a por María Sofía sin echar cuenta de nada ni de nadie, antes de que la pobre se muera de desesperación, que si se muere no va a servirte de nada ir trastornadísima detrás de su ataúd, como Aurora Bautista en aquella película.

No me gusta nada verte así, Charete. ¿Cuándo has sido tú la viva imagen de una penitente de Nuestra Señora del Mayor Dolor? Vente arriba, mujer. Ponte guapa. Sal de este cuarto. Pelea. No te rindas.

Y yo, mira, no más pesadillas. Por lo de la incursión. Antes, en mis sueños, me imaginaba hecha una Agustina de Aragón, pero atacando, no sólo defendiendo, y mucho más vistosa y menos encopetada que Aurora Bautista, me encantaba ella, se me nota, ¿verdad?, también en aquella otra película, haciendo de Agustina, pero, y que ella me perdone, yo me veía más natural, más frescachona, más auténtica. Y más burra. Y eso que Agustina de Aragón era una facha, o por lo menos eso decía papá. Eso decía Lucas el Atravesado, y a mucha honra. Seguro que tenía razón. Claro que para papá todo el mundo era facha. Así que he intentado imaginarme clavada a la Pasionaria, que tenía muchísimo gancho y muchísimo prestigio, pero se vestía de abadesa seglar, la criatura, y yo me entiendo, con eso no puedo. Conque, en sueños, volvía a verme como Aurora Bautista con mejor peluquería, maquillada por mí misma, o sea, muchísimo mejor maquillada que ella, más moderna, vestida con todo lo más escandaloso con lo que una se puede vestir, sobre todo si está furiosa, y echa una leona, como ella, pero comunista. Ahora bien, las pesadillas mejor que ni te las cuente. Lacia, desgalichada, escondida, y con una jaqueca horrorosa, así veo yo a Agustina de Aragón y me veo a mí misma en mis pesadillas, después del rotundo fracaso de la incursión. Y a la Canelita, echándolo todo a perder. Y eso no puede ser, Charete.

¿Sabes? El cuerpo me pide que me rinda. Pero no me voy a rendir.

3
El asalto

Delirar y seguir viviendo

Víctor me mandó un whatsapp a las 8.34 de la mañana: «Me partooooo. Compra YA el Diario de Jerez». Le conozco tan bien que, pese a la simpleza y la aparente jovialidad del mensaje, adiviné que algo le preocupaba bastante, como dicen en La Algaida cuando algo gusta, disgusta, indigna, o preocupa mucho, incluso muchísimo. El YA del mensaje, así, en mayúsculas, era perentorio y prometía revelaciones despampanantes. Pero no hacía falta enredarse demasiado en especulaciones para saber que la noticia que tanto parecía divertir, pero tanto preocupaba, al joven, guapo y bullicioso alcalde de La Algaida tenía que ver con los desatinos de la noche anterior.

Aún no estaba abierto el quiosco de prensa de la urbanización. Pasado el verano, nunca abría antes de las nueve y media o las diez. Además, me había acostado pasadas las cuatro de la madrugada y me sentía exactamente como si acabara de llegar en un vuelo desde Wellington, capital de Nueva Zelanda, con un par de escalas interminables en aeropuertos inverosímiles. Echar a correr en busca de un quiosco en aquellas condiciones no era lo más razonable. Además, sabía muy bien qué sería lo siguiente: una retahíla de fotos de las páginas del periódico, tomadas por el propio alcalde en su despacho, con su iPhone 6s Plus, lo último, por el momento, en la telefonía celular de Apple. Y, en efecto, allí estaban: siete fotos que se fueron descargando con la atrabiliaria lentitud que imponía la endeble cobertura telefónica que había casi siempre en la urbanización.

La primera foto, en color, era de la primera plana del diario. No puedo decir que me dejase en shock traumático en grado máximo, me esperaba algo así. En el dichoso Baile de las Diademas estaba Íñigo Montes, el sinuoso y muy considerado cronista de la vida social de la provincia, con su coqueta cámara de bolsillo que tomaba fotos perfectas. En esa foto de portada, radiante y con mucho movimiento, firmada por Montes, aparecía en primer plano una especie de gran loca carnavalesca, pintada como un parchís, con una peluca de grandes rizos a lo Cher pero de color zanahoria y dolorosamente torcida, enseñando toda la dentadura con evidente intención caníbal, con un collar de cuatro vueltas de gordas perlas blancas de plástico chillón, unos zarcillos como botafumeiros de madreperla falsa y, sobre el escote de un vestido que parecía más bien una pandorga con los colores del arcoíris e inflada por un poniente desatado, todos los dedos de las dos manos en forma de garras y con las uñas embadurnadas de purpurina teñida de azul cielo. En segundo plano, muy risueño, el joven alcalde, vestido con el traje de eventos y procesiones, miraba encantado a aquella especie de princesa azteca electrocutada. Y como fondo, una algarabía de figuras turbias y enfurecidas que se dirían empeñadas en desbaratar el mundo. Toda la foto en sí, y no sólo la dentadura de la gran dama eléctrica, mordía. Y no sólo el joven alcalde tenía motivos para estar preocupado. La pintada como un parchís, la de la peluca de color zanahoria y torcida, la de la dentadura caníbal, la del collar de perlas rusas de plástico chillón, la de los zarcillos como botafumeiros, la del vestido como una pandorga hinchada, la de las uñas embadurnadas de purpurina azul cielo, era yo.

Sí. Yo. Ernesto Méndez.

Qué fea estaba, caramba.

Suspiré. Qué dolor de cabeza. Sonreí. Qué dolor de ojos. Me tapé la cara con las dos manos, aún con rastros en las uñas de la purpurina azul cielo, e hice como que me ponía a llorar a gritos.

Luego, antes de ver el resto de las imágenes, antes de contestarle nada a Víctor, amplié en la pantalla de mi anticuado iPhone 5 la portada del periódico y leí, no sin dificultad, el titular y el pie de foto. El titular decía: ESCANDALOSO ALBOROTO EN UNA FIESTA DE LA ALTA SOCIEDAD. Y el texto de inicio de la crónica, también firmada por Íñigo Montes, avanzaba la información: «La fiesta privada más esperada del año, el Baile de las Diademas, que tuvo lugar anoche en la casa palacio de los marqueses de Pontebianco, en La Algaida, concluyó prematuramente como consecuencia del escandaloso alboroto provocado por un grupo de *drag*

159

queens que agredieron a los selectos invitados y, con la participación de algunos de los encargados de la seguridad, así como de camareras y camareros que servían el cáterin, obligaron a intervenir a las fuerzas del orden que practicaron varias detenciones. En la fotografía, el escritor Ernesto Méndez, uno de los alborotadores detenidos, y, en segundo plano, el alcalde de la localidad, Víctor Ramírez, íntimo amigo del escritor». El texto concluía con la invitación a los lectores a seguir leyendo la crónica completa en las páginas ocho y nueve.

Víctor Ramírez tenía, desde luego, razones para preocuparse, aunque él seguramente me juraría que no. Yo empecé de pronto a reírme como si la cabeza hubiera dejado de dolerme por pura saturación y la tuviese ya, además de acolchada, un poco perdida y nada pudiera gustarme tanto como cometer alegres gamberradas. Aquello había sido una locura absoluta, pero, a diferencia de lo que había sentido alguna que otra vez en circunstancias mucho menos bochornosas, casi siempre ajenas a mi voluntad o provocadas sólo por alguna de mis variadas torpezas, ahora no estaba ni avergonzado ni, mucho menos, arrepentido. Quizás todo aquello fuera indigno de un respetable señor de mi edad e impropio de un escritor discretamente conocido. ¿Y qué? Me había divertido mucho.

Cuando Píter y el bueno de Joaquín —o sea, la Canelita y la Furiosa, respectivamente— me contaron el plan, o lo que la Furiosa llamaba «la incursión», apenas una semana antes del acontecimiento, me pareció no sólo un disparate, sino un disparate de previsibles consecuencias más que desagradables. El asalto al ya celebérrimo Baile de las Diademas —celebérrimo, se entiende, gracias a la prensa digital de La Algaida y alrededores, y a lo mucho que aquí gusta «referir», variedad supuestamente amable del cotilleo— era en sí una notable patochada, pero cabía imaginar que el aquelarre organizado por unos cuantos travestones, o transformistas, o *drag queens,* o artistas de cabaré, como prefería decir la Furiosa, terminaría de muy mala manera: denuncias por allanamiento, multas imposibles para los bolsillos de aquellas envalentonadas criaturas y, con toda probabilidad, el cierre del Garbo, aunque el club no tuviera nada que ver con la zapatiesta. En realidad, lo que cabía temer era que al elenco no le quedasen ánimos, después de las calamidades que le cacrían encima, para seguir exhibiendo su arte, con el entusiasmo requerido, unas cuantas tardes y noches por semana.

El posible abandono del Garbo por el desánimo de «las chicas», como las llamaba o se refería a ellas la Canelita cuando le convenía ponerse zalamera con las demás, me afectaba mucho más que el casi impensable cierre del club por orden de la autoridad competente. No es que fuera asiduo del local, pero solía pasarme por allí después de arrastrar demasiados días sintiéndome melancólico o sin interés por nada. Siempre que iba lo hacía acompañando a Víctor o, expresado con mayor propiedad, acompañado por él. Víctor, que seguía buscando al hombre de su vida, no había perdido la emocionante costumbre de entenderme muy bien, igual que yo adivinaba su estado de ánimo, sólo a partir de un par de frases escuetas y apartemente triviales, intercambiadas por whatsapp. Así que me bastaba con enviarle un simple saludo y añadir un emoticón suavemente apenado para que él comprendiese que me vendría bien un rato de conversación, una cena aproximadamente italiana en Del Piero, y pasarnos luego por el Garbo. La Furiosa siempre me recibía, con mucha escandalera y muchos alardes de gratitud, como al gran benefactor del noble arte del transformismo algaideño o algaidense, y la Canelita nunca renunciaba entonces a su nefasta e injusta costumbre de señalarme con el dedo tieso, cuando karaokeaba aquello de «es una pasiva, no necesita saliva». Víctor siempre se descacharraba de risa y yo, gracias a esas risas, me sentía bien. Hacía tiempo que había desechado por completo, y sin la más mínima sensación de malestar, la esperanza de recuperar los veinticinco mil euros que había invertido en el club.

Después de leer el periódico, y de haberme mandado todas aquellas imágenes tomadas directamente del diario, seguro que Víctor estaba peleando contra la posibilidad de tomarse en serio la evidente mala intención de la foto y del texto y, en consecuencia, desahogarse con una batería de exabruptos y amenazas contra el periódico, Íñigo Montes, la oposición municipal y cualquier ciudadano o ciudadana en los que adivinase un asomo de censura. Víctor seguía teniendo una mala leche volcánica y expansiva, como una bomba de racimo, pero la cólera se le seguía pasando con extraordinaria facilidad y no le dejaba heridas. Enseguida le entraba la risa por el despliegue de explosiones con las que reaccionaba ante cualquier atentado contra su inicialmente despiadado amor propio, y no dejaba que las ofensas, por evidentes y venenosas que fueran, le amargasen la vida.

Por mi parte, no veía motivo alguno para inquietarme por mi dignidad o mi buen nombre a causa de aquella chirriante foto de la primera plana del diario, ni por las que aparecían en las páginas ocho y nueve, ni por la crónica, demasiado tibia para lo que narraba, de Íñigo Montes. No tengo que darle cuentas a nadie de lo que hago o dejo de hacer. Sabía muy bien que enseguida, llegasen a mis oídos o no, aparecerían en algunos círculos de La Algaida, desde el pago más pretencioso y remilgado de La Vera a la nueva zona con pretensiones de «bohemia chic» del viejo barrio marinero, algunos comentarios sarcásticos, hostiles, falsamente piadosos, ofensivos o escandalizados, o todo a la vez, sobre mi salud mental, mis carencias afectivas y sexuales, mis escasas aptitudes para la literatura o mi nulo sentido del ridículo. Aún recuerdo, cuando era joven y daba largos paseos solitarios por la playa, a una de mis hermanas contándome que alguien le había preguntado si tenía un hermano loco. Ahora, internet facilita que cualquier maldad se difunda con pocos obstáculos por no decir ninguno. Pero, ahora, todo eso más bien me entretiene. Me sorprendería, en todo caso, si alguien me dijera que una farola del paseo marítimo se había puesto de pronto a despotricar contra mí, o que alguien en Teruel o en Madagascar decía de mí atrocidades. Que los de siempre vuelvan a ponerme de vuelta y media me da igual. Ahora, aquí, Víctor es mi amigo y nadie más. A veces, Píter queda con nosotros y los tres nos divertimos discutiendo o recreando cotilleos y malevolencias. Está bien así. Lo único por lo que hemos discutido seriamente Víctor y yo ha sido por su empeño en castrar a Romeo, que vive a veces con él, a veces conmigo. Víctor se ha salido con la suya y ahora a nuestro hermoso y solemne Romeo, a nuestro afectuoso rottweiler, se le ha puesto, según Píter, carácter de travesti antigua. Por lo demás, leo mucho, veo mucho cine en casa y, en cuanto me siento en cualquier sitio para relajarme un poco, me puedo quedar adormilado, sea la hora que sea. Sigo dando largos paseos diarios por la playa, y con frecuencia me descubro hablando solo. Nada grave.

Una tarde, dos o tres días después de mi encuentro en La Caleta con la Canelita y la Furiosa, durante el paseo vespertino, me sorprendí aguantando la risa como si las dos me estuvieran contando de nuevo al oído, con mucha más gracia, por algún sistema de comunicación invisible, los planes para asaltar el Baile de las Diademas, como lo llamaba casi todo el mundo, o el Baile de los Pontebianco, como decían los que se declaraban íntimos de la pareja anfitriona. De pronto, tuve la misma sensación de euforia que cuando decidí poner veinticinco mil euros a fondo perdido para levantar el Garbo. El espectáculo podía ser memorable. Y el cuerpo, y sobre todo el alma, me estaban pidiendo a gritos una buena descarga de adrenalina y ganas de ponerme furioso. ¿Por qué no estar, otra vez, con ellos? ¿Por qué no ser una más de las chicas furiosas del Garbo? No tenía nada que perder. Y si perdía algo, mejor. Cierto que, más tarde, ya en casa, tuve algún momento de duda, pero me acordé también de mi inconveniente y efervescente y descabellada y feliz historia de amor con Víctor, y de lo decisiva que había sido para sentirme temerariamente joven y sano y deseable, y al final se impuso el firme propósito de no limitarme a sobrevivir.

No le conté nada a nadie y me resultó mucho más sencillo de lo que había supuesto hacerme el vestido, encontrar la peluca y los complementos y las joyas de pega y unos zapatos de tacón discreto pero de color arropía, pintarme como un parchís, y embadurnarme las uñas con un esmalte azul cielo con brillos. En todo me ayudó, con mucho entusiasmo y sin preguntas ni comentarios indiscretos, Lola, la dinámica y creativa muchacha que viene dos veces por semana a hacer la limpieza y a cocinar, además del almuerzo del día, guisos que luego yo congelo en tápers pequeños. Mi taxista habitual me recogió en casa a las nueve de la noche —la fiesta empezaría, según la invitación, media hora más tarde— y, sin poder evitar un gesto de incredulidad y una risa entre cachonda y nerviosa, sólo me preguntó a qué carnaval iba. Le dije que a uno privado, pero que me dejase en el número siete de la calle Almonte. Yo, con la excusa de pedirles que no fuesen demasiado atrevidas y desearles suerte, llamé a la Furiosa y le pregunté cómo lo tenían organizado para entrar en la casa, y ella me explicó, muy nerviosa —seguro que ya estaba vestida y acicalada para la ocasión—, que habían quedado todas en casa de la Pandereta, calle Almonte, número siete, porque caía muy cerca del objetivo —lo llamó exactamente así: el objetivo— y, con tanta exageración de vestidos y de pelucas y de plumas, tendrían que ir después andando al baile. Me quedó claro que, en eso, la Furiosa se había salido con la suya. Por un momento temí ir demasiado discreta.

Naturalmente, la Pandereta, cuando abrió la puerta de su casa, casi muere. Primero parpadeó como si un policía de película la estuviera deslumbrando con una linterna de reglamento, luego arrugó los ojos y se puso la mano derecha extendida a la altura de las cejas, luego me reconoció, y luego gritó:

—¡Niiiñaaas! —y se apoyó, muy peliculera, en la pared del pasillo, como si estuviera a punto de desplomarse.

Un par de fantasías arrebatadas en cinemascope y tecnicolor se asomaron al final del pasillo con cara de estupor aterrorizado, y consideré prudente levantar los brazos y decir:

—Vengo sola.

Después, hubo de todo: aplausos, risas, enhorabuenas, palmotadas en los muslos, quejas por estar a punto de hacerse pipí encima, y gritos de:

—¡Sí se puede! ¡Sí se puede!

La Canelita sólo dijo:

—Cariño, no me imaginaba que lo de Víctor te iba a afectar de esta manera.

La Tigresa de Manaos, espectacular como de costumbre, enseñando cuerpazo, con sólo dos botones de falsas y enormes esmeraldas en los pezones y un tanga mínimo de lo mismo, rodeada de plumas gigantes que le salían de todas partes, y sin dejar de agitarse como una diosa epiléptica, se abrió paso en el barullo, se me acercó, me puso una mano frenética a la altura del tocino de cielo, como dice la Divina cuando se pone deslenguada, y me dijo, con evidente mala intención:

—Viado tacaño, tú por aquí.

—Como una más —dije yo, en plan modesta y solidaria.

—Ya —dijo ella, marcando la y de un modo muy amenazador—. ¿Y se puede saber, garota desinhibida, cómo te llamas?

Yo me imaginé cómo sería la grulla disecada de la Charete, de acuerdo con la descripción que la Furiosa me hizo el día en que, con la Canelita, me contó el proyecto de incursión, y recordé su nombre, Mimí. Me identifiqué al instante con ella y dije:

—Me llamo Mimí.

Como la Tigresa se desentendió de mí enseguida, porque ella lo único que quería, según la Furiosa, era divertirse, las otras me aceptaron sin mayores cautelas como una más y ni siquiera jalearon demasiado el hecho de que hubiera decidido unirme a la escaramuza, como dijo, con mucha precisión castrense, la Marlon-Marlén, vestida, naturalmente, mitad de legionario, mitad de Édith Piaf. Eso, la integración instantánea en el grupo, me sirvió para comprobar, por una parte, que la desorganización era mayúscula y, por otra, que la Canelita también se había salido en parte con la suya, al menos con respecto a algunos Titanes del cuerpo de seguridad, como ella misma los llamó. Un tal Emiliano, según dijeron, había conseguido que le asignaran al control de puerta, y la Pandereta se esponjó de orgullo —en ese momento no adiviné por qué—, pero sin olvidarse de componer una expresión de angustiada novia de marine destinado a Vietnam. También aseguró la Canelita que la Anticuaria, o sea, el señorito de la Tigresa, también llamada la yegua de Troya, estaría al quite y echaría una mano si se presentaba alguna contingencia adversa, y entonces la Divina, que parecía llameante de entusiasmo, preguntó qué era aquello de una contingencia adversa, y la Pandereta le explicó que una contingencia adversa era, por ejemplo, descubrir que el maromo que, por un milagro de la santa patrona de los imposibles, está dispuesto a hacerte a ti, bonita, una caridad tiene ladillas; la Divina, ella sola, volvió entonces a gritar.

—¡Sí se puede! ¡Sí se puede!

La Furiosa mandó que guardaran un poco de silencio y le hicieron caso, lo que me llevó a pensar que no había perdido del todo la autoridad y que eso podía conducir al caos, como ocurre siempre que en un batallón hay dos mandos; la Marlon-Marlén debería saberlo y lo suyo habría sido que hubiera intentado resolver aquella inconveniente bicefalia, pero resultaba evidente que a la Marlon-Marlén la bicefalia desordenada era lo que le servía de combustible. La Furiosa sacó entonces y repartió entre las chicas las invitaciones, por si colaban y no había que hacer mayor esfuerzo para entrar apaciblemente en el baile. No colarían: la diferencia entre la invitación que se reservó la Furiosa —la que le había dado por fin, según explicó, su hermana Charete, que no asistiría al baile, devastada, me pareció entender, por la traición de su María Sofía— y las que entregó a las demás era abismal, la imprenta de un amigo de la Furiosa había hecho un trabajo horroroso de falsificación. Yo entonces enseñé mi invitación, auténtica hasta para la Pandereta —que por lo visto ve poquísimo por culpa de unas cataratas en lista de espera—, y la Furiosa decidió, con excelente criterio, que yo estuviese a su lado en el momento de salvar la entrada al baile. La Canelita, en cambio, quizás con mejor criterio, me ordenó que me quedara la última, porque, si se presentaba la preocupante contingencia adversa, podría abrirme paso a empujones, hacer valer mi invitación auténtica, probablemente entre el nerviosismo de los Titanes encargados de controlar la entrada, si es que a Emiliano no se le daba bien la misión que se le había asignado, y las demás chicas podrían aprovechar el barullo y colarse en el festejo, táctica típica para entrar de balde cinco amigas, pagando sólo una entrada, en las discotecas pejigueras. La Divina intervino entonces, muy decidida, para decir, yo creo que con el mejor criterio de todos, que me colocara donde me saliese del tocino de cielo, y que ya era hora de espabilar, porque iban a dar las once y porque «¡Sí se puede! ¡Sí se puede!». La Furiosa se adelantó a la Canelita para ordenar «¡En marcha!», pero la Canelita se las apañó para recordar que había que ir a pie y con paso decidido, y que ella iría en cabeza. En realidad, en cabeza fuimos todas, porque nos pusimos en fila de a siete y ocupamos todo el ancho de la calle, dispuestas a darlo todo.

Lo que ocurrió después lo contaba Íñigo Montes, con su estilo anticuado y pomposo, en las páginas ocho y nueve del *Diario de Jerez*. Aquí tengo el periódico. La crónica de Montes dice, tras el arranque en primera:

Cuando la espléndida fiesta se encontraba ya en pleno apogeo, se armó un tremendo alboroto en la entrada del hermoso jardín de la casa-palacio de los Pontebianco, por la que irrumpió, tras un ruidoso forcejeo, un grupo de entre cinco y siete *drag queens,* al parecer el elenco al completo de un conocido club de transformistas de las afueras de la localidad, que lograron finalmente internarse en el evento utilizando la fuerza y contando, por lo que pudo observarse, con la complicidad de algunos elementos de la empresa de seguridad contratada por los marqueses para proteger las joyas de sus ilustres invitadas. La fiesta adquirió entonces tintes dantescos, puesto que las intrusas, quienes se acompañaban con gritos extemporáneos de «¡Sí se puede!», reaccionaron con notable violencia ante el intento de parte de los profesionales de seguridad de desalojarlas, si bien llamaba poderosamente la atención la refriega entre los profesionales de seguridad leales a la empresa que los tenía contratados y los que, a todas luces, estaban de parte de los allanadores. Y lo mismo podía decirse de algunos empleados del, por lo demás, espléndido cáterin, servido por Cáterin Adelardo, quienes, como si se tratara de un asalto en toda regla y perfectamente organizado, se pusieron, sin el menor disimulo, a estampar bandejas de comida y de bebidas a invitados e invitadas, con el pretexto de que no podían controlarse a causa del cada vez mayor y más violento desorden. Entre los invitados llamó poderosamente la atención el comportamiento del alcalde de la ciudad, quien, requerido por los dueños de la casa y por numerosos invitados para que ordenase la intervención de la policía municipal, se negó en rotundo a cursar las órdenes pertinentes con el pretexto, según pudo saber este cronista, de que se trataba de una fiesta privada en la que no debía intervenir la policía local, pagada por todos los ciudadanos de La Algaida. También fue muy comentada la presencia, entre los asaltantes, del conocido escritor Ernesto Méndez, que mantiene con el alcalde una estrecha amistad e iba llamativamente disfrazado, tal como se puede observar en nuestra foto de portada y en algunas de las imágenes que ilustran esta crónica. Cabe subrayar que, tanto el conocido escritor como, por supuesto, la primera autoridad municipal habían recibido la correspondiente invitación, lo que añade un ingrediente de manifiesta ingratitud al comportamiento de ambos. Finalmente, agentes de la policía nacional, avisada por los anfitriones y por bastantes invitados, lo que hizo que estuviera bloqueada durante más de media hora la centralita de la comisaría, hicieron acto de presencia y, con relativa facilidad, debida sin duda a la alta profesionalidad de nuestras fuerzas del orden, procedió a la detención y traslado a comisaría de todas las *drags,* pero no de la totalidad de los alborotadores, pues la mayoría de los otros, tanto de los más destacados cómplices de la empresa de seguridad, como del servicio del cáterin, aprovecharon para escapar y deberán ser identificados en los próximos días. De todos modos, este diario ha podido saber, de fuentes totalmente fiables, que Ernesto Méndez estuvo detenido y prestando declaración hasta pasadas las tres y media de la madrugada, y el resto de los delincuentes, pues no cabe llamarlos de otra manera teniendo en cuenta el flagrante allanamiento de morada que perpetraron, no había abandonado la comisaría en el momento de redactar esta crónica. No queremos finalizar la información sin mostrar, por un lado, nuestra admiración por el ejemplar comportamiento de la orquesta Los Brillantes, la cual, siguiendo el ejemplo de la orquesta del *Titanic,* continuó tocando durante todo el tiempo que duró el desagradable incidente, y, por otra parte, sin manifestar nuestra máxima solidaridad con los marqueses de Pontebianco, que tanta ilusión y tanto esmero habían puesto en la organización de una fiesta llamada a ser un hito en la vida social de toda la provincia y que se vio frustrada por el vergonzoso e imperdonable comportamiento de unos indeseables.

Esta es la crónica completa que por fin pude leer en el periódico, ya bien entrada la mañana. Antes, había intercambiado con Víctor algunos comentarios nada dignos de ser reseñados: él no podía perder tiempo en semejante basura, me dijo. La crónica, con sus correspondientes destacados y puntos y aparte, no ocupa en realidad mucho espacio de la doble página, en la que lo importante son las fotos, todas de tamaño discreto, pero a cuál más escandalosa y divertida: Íñigo Méndez, redactor lamentable, es un excelente fotógrafo. Hay, eso sí, a la izquierda de la página nueve, una columna con muchas negritas, firmada por las iniciales I.M., dedicada a describir las alhajas que lucían las invitadas. IMPORTANTES JOYAS A SALVO DE LA MARABUNTA es el imaginativo título.

El texto de la columna parece copiado del catálogo de una subasta de joyas. Dice:

Al margen de los deplorables sucesos de los que se da cuenta en el cuerpo principal de la información, este cronista tuvo ocasión de documentarse sobre las muy importantes piezas de joyería que, además de las diademas de casamiento, lucieron las invitadas. La anfitriona, marquesa de Pontebianco, importante diadema de brillantes del siglo XIX, montada en platino y perlas, con el cuerpo central formado por cuatro esmeraldas, talla cojín, y un importante broche de oro blanco de estilo floral con estructuras caladas en distintas formas y decoración de diamantes, talla antigua, engarzados en garras; la vizcondesa viuda de Pozoalbero, de soltera Nelly Guevara de

173

Camagüey, espléndida diadema de oro amarillo, diamantes y rubís, y pendientes largos con movimiento también en oro amarillo con frontis de jade tallado con diseño floral, unido con anillas de oro y diamantes, talla brillante, a un rubí, talla perilla mixta; la duquesa de Tajamar y Retamar, Chiruca Pérez de Vidarte —hasta hace poco, Pérez y Pérez—, diadema de brillantes y zafiros, y collar de 22 zafiros, variedad aguamarina, talla oval, color azul suave de gran brillo, transparencia y pureza, engarzados en cadena de oro blanco y platino; la vizcondesa de Montecalpe, diadema de turquesas y rubís montados en brillantes, talla antigua, y colgante antiguo de oro y brillantes, rematado con gran corindón natural, variedad rubí, color rojo/rosa semitransparente, talla oval, así como pulsera de cuerpo rígido en oro blanco, estilo Belle Époque, presidida por un notable zafiro, talla redonda, en color azul oscuro y originario de Siam, engarzado en garras y enmarcado por un diseño ondulante; la marquesa de Lazalema, sensacional kokoshnik en diamantes y esmaltes, de Fabergé, adquirida por el padre de la marquesa en subasta internacional, y pendientes en oro amarillo, modelo botón acriollado con frontis definido, decorado con hilo torchado con dibujo romboidal con diamantes, talla brillante, engarzados en garras, y deslumbrante brazalete a juego, de inspiración otomana; la ex duquesa de Casa Albaizar, diadema de familia del siglo XV en brillantes, talla antigua, y rubís, e impactante conjunto, también de familia, compuesto por broche en oro amarillo, modelo en forma de dragón alado con cuerpo, alas y extremidades forrados de diamantes, talla brillante, engarzados en grané, y una pareja de rubís a modo de ojos, además de pendientes a juego rematados en rubís, y pulsera en oro amarillo, modelo presidido con un diamante central, talla brillante antigua, color Light Yellow, engarzado en boca chatón, sobre hombros en construcción de doble brazo, forrado de brillantes y rubís en formación alterna. De igual o similar importancia eran las diademas y aderezos de las marquesas de Puentealbo y Montalto, la condesa de Moncler, Covadonga Sentís —con un original y encantador broche en forma de bandera con barras en oro amarillo y rubís, que algunos tomaron por la estelada, por lo que fue objeto de algún insulto específico por parte de los allanadores, aunque en realidad eran las barras de Aragón—, la baronesa de Canigó, tan originalmente peinada como siempre, la nueva condesa de Torrenova, Irina Rudaya, de origen ucranio, y, pertenecientes a la alta sociedad local, la señora de Alcalá, con un espectacular collar de coral de doble vuelta, la señora de Montijo, la señora viuda de San Jerónimo, las señoras de Irureta, de Albadalejo y de Sánchez de Cuadro, todas fabulosamente enjoyadas, como ya se ha dicho, así como del resto de las invitadas, más algunos caballeros que lucieron importantes pasadores o botonaduras. Este cronista ha podido saber que, salvo el collar de coral de la señora de Alcalá, cuyas perlas rodaron por todo el suelo del salón como consecuencia del tirón propinado por una de las asaltantes, al parecer su jardinero de toda la vida, ninguna otra pieza sufrió desperfectos o fue sustraída, por lo que no se han presentado denuncias al respecto.

Pues claro que no. Fuimos alborotadoras, pero decentes. Nadie se llevó nada, ni en beneficio propio ni en beneficio ajeno. Cuando la policía me interrogó, fui poseída por el espíritu vengativo y el rencor social de la Furiosa y dije que había sido un acto de legítima protesta contra el obsceno poderío exhibicionista de la gente bien, de los ricos, de quienes no estaban padeciendo ni había padecido las consecuencias de la crisis, de quienes tendrían joyas a esportones, pero no tenían corazón. El policía disimuló muy mal la risa y eso me sentó fatal. Y entonces, sin dejar de mirarle con insolencia a los ojos, recité a media voz: «Sí se puede, sí se puede». El policía, un muchacho de muy buen ver, lo estaba flipando. Yo también lo había flipado durante toda la escaramuza. La Canelita se había pasado la incursión chillando:

—¡A por ellas y a por ellos! —y se dedicaba a atacarlos a todos y a todas, y se defendía de todas y de todos, con un espray de espuma de color rojo vivo, al parecer no corrosivo y fácil de limpiar.

La Furiosa acudía en ayuda de cualquiera que estuviese en apuros. La Divina, después de arrancarle el collar a su señora, pataleaba en brazos de un titán energúmeno —valga la redundancia— de la facción enemiga. La Marlon-Marlén se acercó a ellos, se puso de perfil, enseñando al legionario, y le propinó al titán energúmeno un puñetazo que lo tiró de espaldas con la Divina y la Furiosa encima. A la Divina sólo se le ocurrió en aquella tesitura ponerse a canturrear *La saeta*, de Serrat, pero en la versión de la Caballé. Yo empujaba a todo invitado o invitada que se me pusiera por delante, con el pretexto de apartarlos para evitar peleas. Me sentía guerrera, cafre, sioux, yihadista suicida, pero con pelucón de color zanahoria y torcido y vestido de fantasía gay en lugar de hiyab. Lo mismo que hacía yo lo hacían los Titanes amigos con los Titanes hostiles, pero con máxima contundencia, pidiéndoles sin ningún miramiento, con muy malas maneras, incluso con llaves de yudo y golpes de artes marciales, que no perdiesen los nervios. Emiliano era un crack: ágil, flexible, duro, eléctrico. Las fantásticas joyas de las invitadas no le llamaban la atención. Ni a mí. Ni a ninguna de nosotras. La Anticuaria, que se había portado como una auténtica yegua de Troya y había jurado en la entrada, por todos sus muertos y todos sus vivos, que éramos animación contratada para la fiesta —y tanto—, nos había advertido:

—Ni caso a las joyas. Son todas falsas. Todas alhajas de viaje. Todas copias. Todas las damas presentes me encargaron hace siglos, en riguroso secreto, que vendiera las auténticas.

—Uy, como todas las que salen en las portadas de las revistas. Todas falsas —dijo la Pandereta.

La Tigresa no paró de bailar como una gogó con los muelles sueltos y no había manera de echarle el guante. Una camarera tuvo un ataque de nervios y aprovechó para estamparle una bandeja de canastillas rellenas de salmorejo a una señorona que llevaba un vestido negro *vintage* de Balenciaga divino, divino, divino. Aquello fue la señal para abrir la veda. No hubo señora ni caballero que se librase de una ducha pringosa. Todo estaba perfectamente calculado por la Canelita. Yo estaba llena de energía y ni se me pasó por la cabeza que las fuerzas fueran a abandonarme. Un caballero muy congestionado insultaba a gritos al alcalde por negarse en redondo a que interviniese la policía municipal. Víctor estaba apoyado en una farola del jardín y se lo estaba pasando en grande. Me acerqué a él un momento, le di un beso rápido y le dije:

—¡Mi héroe!

Luego volví al zafarrancho. Me esmeré. Me empleé a fondo. Puse toda la carne en el asador. Me vacié. Como todas. La Pandereta me trajo una jarra de agua con hielo, obsequio de la casa. Me la bebí casi entera a morro, pero casi me rompo los dientes por culpa de un empujón. La Marlon-Marlén ligaba por su perfil Piaf, sin rastro de marcialidad, con un camarero imperial, moreno de piel, rubio de pelo, de ojos claros, mientras por el perfil legionario daba mandobles y repelía los ataques a traición de quienes pretendían pillarle desprevenido en su embeleso romántico. Emiliano pasó junto a la Pandereta como una exhalación, pero tuvo tiempo de pellizcarle el culo como hace tiempo que nadie me lo pellizca a mí. Entonces comprendí por qué ella estaba tan orgullosa de su hombre. La Canelita se paraba de pronto, se encaraba a alguna loca clandestina de esmoquin y conocida y reconocida, a pesar del antifaz, por todas las chicas del Garbo y todos los muchachos y clientes de la casa de la Duquesona, daba dos pasos atrás, señalaba con el brazo extendido a la coneja en cuestión, y le cantaba: «Es una pasivaaaaa». Cuando de pronto noté el bajón, cuando noté que me quedaba sin fuerzas, aparecieron los agentes de la policía nacional.

Al cabo de una semana, y a propósito de las casi inminentes elecciones del 20 de diciembre, un periódico de la provincia publicó un malintencionado editorial sobre Podemos que titulaba «Mucho ruido y pocas nueces» y hacía alusión a la hazaña de las chicas del Garbo en La Algaida.

No he vuelto a ver a Víctor, siempre está «extremadamente ocupado».

Desde hace días no logro quitarme de la cabeza *Piensa en mí*, ese bolero dulce y melancólico que canta Miguel Bosé en *Tacones lejanos*, nada que ver con el furioso de Paquita la del Barrio que hace la Furiosa.

La Canelita acaba de mandarme un whatsapp que dice: «Nena, el domingo abrimos el Garbo».

Eso quiere decir que me esperan.

NOTA DEL AUTOR

En la madrugada del 8 de junio de 1969, los clientes del
bar Stonewall Inn, en el Greenwich Village de Nueva York,
iniciaron las revueltas contra las redadas y los acosos de la
policía alentados por un sistema que perseguía a los homo-
sexuales. Ese lugar y esa fecha se consideran el origen de los
movimientos implicados en la lucha por los derechos del
colectivo LGTBI. Pero, con el tiempo, el colectivo, demasiado preocupado a veces por su respetabilidad, tiende a olvidar
o a deformar el hecho de que los protagonistas de aquel levan-
tamiento de Stonewall fueron, sobre todo, travestis, transexuales y *drag queens*. También ahora, en estos tiempos en los que
se suceden violentos actos de homofobia, quienes siguen siendo los más marginados del colectivo dan con frecuencia ejemplo de dignidad y coraje en defensa de los gays, lesbianas,
transexuales, bisexuales e intergéneros que padecen agresiones,
desprecio, marginación y odio por ser lo que son. Este libro
quiere ser, también, un homenaje y una expresión de gratitud
a todos ellos y todas ellas, y a su dignidad, su lucha, su furia
justa y su lenguaje.

El autor expresa asimismo su agradecimiento a cuantos le
han ayudado en la tarea de escribir y editar esta novela. En

especial, a Juan Manuel Guzmán, que me contó anécdotas, me reveló algunas expresiones coloquiales y me asesoró sobre joyas, aunque luego el autor haya tenido la desfachatez de describirlas a su manera.

E.M.